娜夜 著

火焰与皱纹

娜夜诗选

Flames and Wrinkles

Selected Poems of Na Ye

江苏凤凰文艺出版社

JIANGSU PHOENIX LITERATURE AND
ART PUBLISHING

图书在版编目（CIP）数据

火焰与皱纹：娜夜诗选 / 娜夜著. — 南京：江苏
凤凰文艺出版社，2022.10
ISBN 978 - 7 - 5594 - 7080 - 5

Ⅰ.①火… Ⅱ.①娜… Ⅲ.①诗集－中国－当代
Ⅳ.①I227

中国版本图书馆 CIP 数据核字（2022）第 146608 号

火焰与皱纹：娜夜诗选

娜　夜　著

出　版　人　张在健
选 题 策 划　于奎潮
责 任 编 辑　士娱瑶
责 任 印 制　刘　巍
出 版 发 行　江苏凤凰文艺出版社
　　　　　　南京市中央路 165 号，邮编：210009
出版社网址　http://www.jswenyi.com
印　　　刷　苏州市越洋印刷有限公司
开　　　本　880 毫米×1230 毫米　1/32
印　　　张　10.25
字　　　数　160 千字
版　　　次　2022 年 10 月第 1 版
印　　　次　2022 年 10 月第 1 次印刷
标 准 书 号　ISBN 978 - 7 - 5594 - 7080 - 5
定　　　价　55.00 元

目　录

生　活

我珍爱过你
像小时候珍爱一颗黑糖球
舔一口
马上用糖纸包上
再舔一口
舔得越来越慢
包得越来越快
现在　只剩下我和糖纸了
我必须忍住：忧伤

起风了

起风了　我爱你　芦苇
野茫茫的一片
顺着风

在这遥远的地方　不需要
思想
只需要芦苇
顺着风

野茫茫的一片
像我们的爱　没有内容

个人简历

使我最终虚度一生的
不会是别的
是我所受的教育　和再教育

端 午

一个人
被以食物的方式纪念

将米和水变成粽子的过程
即是与山河一起默诵了一遍《天问》

穿长衫　佩香草　行吟《离骚》的人
在酒杯里纵身一跃

在汨罗江缓缓上岸
——白发如雪　死亡遗忘的　诗词都记得

半个月亮

爬上来　从一支古老情歌的
低声部
一只倾听的
耳朵

——半个月亮　从现实的麦草垛　日子的低洼处
从收秋人弯向大地的脊梁
内心的篝火堆
爬　上来——

被摘下的秋天它的果实依然挂在枝头

剩下的半个夜晚——
我的右脸被麦芒划伤　等一下
让我把我的左脸
朝向你

幸　福

大雪落着　土地幸福
相爱的人走着
道路幸福

一个老人　用谷粒和网
得到了一只鸟
小鸟也幸福

光秃秃的树　光秃秃的
树叶飞成了蝴蝶
花朵变成了果实
光秃秃地
幸福

一个孩子　我看不见他
——还在母亲的身体里
母亲的笑
多幸福

——吹过雪花的风啊
你要把天下的孩子都吹得漂亮些

没有比书房更好的去处

没有比书房更好的去处

猫咪享受着午睡
我享受着阅读带来的停顿

和书房里渐渐老去的人生

有时候　我也会读一本自己的书
都留在了纸上……

一些光留在了它的阴影里
另一些在它照亮的事物里

纸和笔
陡峭的内心与黎明前的霜……回答的
勇气
——只有这些时刻才是有价值的

我最好的诗篇都来自冬天的北方
最爱的人来自想象

移居重庆

越来越远……

好吧重庆

让我干燥的皮肤爱上你的潮湿

我习惯了荒凉与风沙的眼睛习惯你的青山绿水　法国梧桐

银杏树

你突然的电闪雷鸣

滴水的喧嚣

与起伏的平静

历史在这里高一脚低一脚的命运——它和我们人类

都没有明天的经验

和你大雾弥漫

天地混沌时

我抱紧双肩茫然四顾地自言自语：越来越远啊……

合 影

不是你！ 是你身体里消失的少年在搂着我

是他白衬衫下那颗骄傲而纯洁的心

写在日记里的爱情

掉在图书馆阶梯上的书

在搂着我！ 是波罗的海弥漫的蔚蓝和波涛

被雨淋湿的落日 无顶教堂

隐秘的钟声

和祈祷……是我日渐衰竭的想象力所能企及的

那些美好事物的神圣之光

当我叹息 甚至是你身体里拒绝来到这个世界的婴儿

他的哭声

——对生和死的双重蔑视

在搂着我

——这里 这叫做人世间的地方

孤独的人类

相互买卖

彼此忏悔

肉体的亲密并未使他们的精神相爱

这就是你写诗的理由？

一切艺术的源头……仿佛时间恢复了它的记忆
我看见我闭上的眼睛里
有一滴大海
在流淌

是它的波澜在搂着我　　不是你
我拒绝的是这个时代
不是你和我

"无论我们谁先离开这个世界
对方都要写一首悼亡诗"

听我说：我来到这个世界就是为了向自己道歉的

睡前书

我舍不得睡去
我舍不得这音乐　这摇椅　这荡漾的天光
佛教的蓝
我舍不得一个理想主义者
为之倾身的：虚无
这一阵一阵的微风　并不切实的
吹拂　仿佛杭州
仿佛正午的阿姆斯特丹　这一阵一阵的
恍惚
空
事实上
或者假设的：手——

第二个扣子解成需要　过来人
都懂
不懂的　解不开

真　相

真相并没有选择诗歌——形而上的空行
它拒绝了一个时代的诗人

真相同样没有选择小说——有过片刻的
犹豫和迟疑？

真相拒绝了报纸——也被报纸拒绝
如此坚定地

真相并不会因此消失
它在那儿
还是真相

并用它寂静的耳朵
倾听我们编织的童话

读卡夫卡

扉页上　他惊恐的黑眼睛越陷越深
里面有一座精神监狱

一个国家的抑郁史
读书人只能读书

一只甲虫　得到了时间的邀请——
在卡夫卡与恋人的合影上

保持着旁观者的寂静　我叫它：朵拉
它就是卡夫卡的棺木放入墓穴时

拼命往里跳的女人　你想起
一个人的爱　纪念和赞美

比遗忘和诅咒更好　我叫它：因果
它就是石器时代的萤火虫

对人类万家灯火的想象　我叫它：汉字
它就是一首诗的可能和破绽

它给过我们勇气？　我叫它：芸芸众生
人性的　和尚未变成人性的……

偶尔的厌世是一种救赎　我叫它：今天
它就是 2017 年剩下的最后一个黄昏

想兰州

想兰州
边走边想
一起写诗的朋友

想我们年轻时的酒量　热血　高原之上
那被时间之光擦亮的：庄重的欢乐
经久不息

痛苦是一只向天空解释着大地的鹰
保持一颗为美忧伤的心

入城的羊群
低矮的灯火

那颗让我写出了生活的黑糖球
想兰州

陪都　借你一段历史问候阳飏　人邻
重庆　借你一程风雨问候古马　叶舟
阿信　你在甘南还好吗

谁在大雾中面朝故乡
谁就披着闪电越走越慢　老泪纵横

弹　奏

整个冬天
我重复这两小节

随光的变幻
微妙用力

这世上　有没有什么因我而改变
因为我写的诗

几只麻雀
一地雪

余生在此
弹奏就不孤独

诗多么艰难
两小节和一生

不能这样分配：
白键一节　黑键一节

诗的结束多么艰难
琴键上只需指尖抬起

愤怒　只需双手用力　再用力

母　亲

黄昏。 雨点变小
我和母亲在小摊小贩的叫卖声中
相遇
还能源于什么
母亲将手中最鲜嫩的青菜
放进我的菜篮

母亲

雨水中最亲密的两滴
在各自飘回自己的生活之前
在白发更白的暮色里
母亲站下来
目送我

像大路目送着她的小路

母亲——

别

辽阔的黄昏 脸上的风 突然停止的愿望

——风吹着有也吹着无
——风吹着大道也吹着歧途

风 吹着断肠人 两匹后会有期的马

——一路平安吧

自　由

为自由成为自由落体的
当然可以是一顶帽子

它代替了一个头颅
怎样的思想？

像海水舔着岸
理想主义者的舌尖舔着泪水里的盐

"他再次站在了
高大坚实的墙壁和与之
相撞的鸡蛋之间……"

——你对我说　就像闪电对天空说
档案对档案馆说

牛对牛皮纸说

在这苍茫的人世上

寒冷点燃什么
什么就是篝火

脆弱抓住什么
什么就破碎

女人宽恕什么
什么就是孩子

孩子的错误可以原谅
孩子　可以再错

我爱什么——在这苍茫的人世啊
什么就是我的宝贝

安居古镇

穿长衫的说书人
说着光绪年间的风

说到戊戌变法时声音低了下去
抬起头他问：今昔何年？

一滴冷汗
几只无所谓江山只想多活一日的蝉鸣

几个糖人儿
青石板上布鞋永远跟在皮鞋后面的回声远了

旧木窗　他望着生活的脸多么委屈
黝黑的意志像发青的眼窝塌陷

强硬的生活又善待过谁呢！
它拆开我们　并不负责装上

诗可以停在这里　也可以继续
解读四千年前安居的本意：

几棵野菜　一篓小鱼
哗啦啦　滚铁环的孩子把落日推到了天边

阁楼或客栈　或者茶肆　笑盈盈的娘子身子一斜
月亮就从大安溪打捞起自己

挂上波仑寺的飞檐

现 在

我留恋现在
暮色中苍茫的味道
书桌上的白纸
笔
表达的又一次
停顿

危险的诗行
——我渴望某种生活时陡峭的内心

旧衣服

洗净

补上缺失的纽扣

叠好

整齐地放在手提袋里

在离柿子树梢近的地方

让捡拾的人

像在秋天

捡起一个落地的果实

那么自然

恐 惧

一个谜……

黑暗中　我终于摸到了它隐秘的
线头
却不敢用力去抽

——像麦粒变成种子　又变成麦粒　又变成种子……

被一根线头折磨
我陷入了无边无际的茫然和恐惧

朗 读

有时是英语
有时是一只蜘蛛
有时是它被大风撕破的网
有时是我们人类称之为胜利的东西
和它明天的阴影
她向太阳下的万事万物朗读一本叫《圣经》的书
她的声音里有一座教堂升起
"我爱我的国家
虽然他多病……"

桃花源

没有人遇见陶渊明

我遇见了另一个自己
爱布衣　敬草木　抱孤念　不同流俗

——一会儿也好

观花即问神
云朵也是花
流水远去
它们不去

在喊水泉
我喊：五柳先生
果然有一股清泉自巨石裂缝涌出

三维空间多么有限

我喊一声
就有枷锁从身体剥落一次

脱去枷锁的身体——就是我的桃花源

西夏王陵

没有什么比黄昏时看着一座坟墓更苍茫的了
时间带来了果实却埋葬了花朵

西夏远了　贺兰山还在
就在眼前
当一个帝王取代了另一个帝王
江山发生了变化?

那是墓碑　也是石头
那是落叶　也是秋风
那是一个王朝　也是一捧黄土

不像箫　像埙——
守灵人的声音喑哑低缓：今年不种松柏了
种芍药
和牡丹

先生

有掌声回荡在山谷
那是时间之手

早安先生
你的布衫棉袍真好看

大地涌动着草香
露珠里的太阳清凉

我鞠躬　对一个奇迹：
你人生的每一步都是对的

包括在错误和灾难来临之前
让生命成为一尊铜像

现在我来到你身后　想看看
怎样背着手　会让一个人拥有

引领低矮事物上升的力量……先生
你头顶的祥云　故居的灰瓦

从民国开来的梅花
也好看

人民广场

我喜欢草地上那些被奔跑脱掉的小凉鞋

直接踩着春天的小脚丫　不远处

含笑着的年轻母亲

饱满多汁

比云朵更柔软

比短暂的爱情更心满意足

她们又笑了

哦上帝　我喜欢人类在灿烂的日光下

秘密而快乐地繁衍生息……

——母亲和孩子　多像人民广场

白银时代

我读着他们的诗句　他们做诗人的
那个时代

逮捕　处决　集中营

雪花兄弟的白袍
钟的秘密心脏
俄罗斯　有着葬礼上的哀伤

死对生的绝望……

黑暗　又意味着灿烂的星空：
那些秘密
而伟大的名字

意味着一个时代：小于诗

六 一

它还小
叫声带着绒毛
啄我花盆里的紫苏叶
我翻书时　它颤动　不飞走

—— 一只鸟
你刚认识天空
生活　已被我简化为书和阳台上的花草

我们
有过目光相对的一瞬　风吹来草木之香
我的目光
也带着些绒毛：六一快乐

西藏：罗布林卡

它是我来世起给女儿的名字：罗布林卡
它是我来世起给女儿和儿子的名字：罗布和林卡

它是我来世想起今生时的两行泪：罗布……林卡

标　准

我手里只有一票
眼前却晃着两个美人
最后一轮了
评委席上
我的耐心和审美疲劳都到了极限
我等她们
换上泳装
或薄纱
再次晃到我眼前
果然
更充分的裸露
使她们的美有了区别
我的一票果断而坚定
不是她的三围比例
是她的身体摆动众人目光时
一种追求毁灭的气质

夜　归

你带来政治和一身冷汗

嘴上颤抖的香烟　你带来漆黑
空荡的大街

鸽子的梦话：有时候　瞬间的细节就是事情的全部

被雨淋湿的风
几根潮湿的火柴　你带来人类对爱的一致渴望

你带来你的肉体……

多么疲惫
在卧室的床上

云南的黄昏

云南的黄昏
我们并没谈起诗歌
夜晚也没交换所谓的苦难
两个女人
都不是母亲
我们谈论星空和康德
特蕾莎修女和心脏内科
谈论无神论者迷信的晚年
一些事物的美在于它的阴影
另一个角度：没有孩子使我们得以完整

大于诗的事物

太阳像一坨牛粪

吃羊肉啃羊头的诗人起身盟誓：来世变成草
我变什么呢
花瓣还是露水

还是刺？
天知道哪片云彩里有雨
谁知道你　牦牛还是卓玛？

一定还有什么　还没发生
还在命里

大夏河　我掏出我的心洗了洗

时间如此漫长
一条完美的裙子
一场爱情的眼泪
还应该有一种随时准备掉下来的感觉

大于诗的事物：天祝牧场的炊烟

欢　喜

空气更好了

夜里下了雨

清扫落叶

捡拾三角梅和木棉花的花瓣

漂在水池里

释迦果越来越重了

芳香而可食

造物主爱你

昨天来过的蜜蜂又来了

它嗡嗡着像是对一种享受的解释

花园里

我们各行其是

我也哼唱

脸上泥点的欢喜

手写体

翻看旧信
我对每个手写体的你好
都答应了一声
对每个手写体的再见

仿佛真的可以再见——
废弃的铁道边
图书馆的阶梯上
歌声里的山楂树下

在肉体　对爱的
记忆里

还有谁
会在寂静的灯下
用纸和笔
为爱
写一封情书
写第二封情书……

——"你的这笔字就足以让我倾倒"
你还能对谁这么说？

点　赞

我为灵魂的存在和量子纠缠点赞

为暗物质和瓦楞上的无名草

为我书房里两只毛茸茸的鸟

在一幅画的山水中获得了永生

为空荡的监狱

成为被大地遗忘的石头

风沙变成芝麻

为我们这一代人

所经历的……

为银杏叶飞舞着来世

成为金色蝴蝶的愿望

为重庆的太阳

但我有时又站在大雾一边

为这样的上帝：

要善待儿童和诗人

因为他们是我的使者……

在美国哈佛艺术馆

我为家乡的王道士

和流落在世界各博物馆的敦煌文物点赞

——在　就是好

交　谈

你不会只觉得它是一次简单的呼吸
你同时会觉得它是一只手
抽出你肉体里的　忧伤
给你看
然后　放回去
还是你的

你甚至觉得它是一个梦
让你在远离了它的现场
侧身
想哭

可我怎么能遏制它迅速成为往事啊

省　略

大地省略了一句问候　仿佛童话
省略了雪

在圣·索菲亚大教堂
谁在祈祷爱情　却省略了永远
祈求真相　却省略了那背叛的金色号角

"我想在脸上涂上厚厚的泥巴
不让人看出我的悲伤……"

上帝的额角掠过一阵在场的凄凉：唉　你们
人类
是啊……我们人类
墨镜里　我闭上了眼睛

你　合上了嘴

十二月的哈尔滨　白茫茫的
并没有因为一场沸腾的朗诵　呈现出
一道叫奇迹的光　和它神秘的
预言般的
色彩

纸　人

我用纸叠出我们

一个老了　另一个

也老了

什么都做不成了

当年　我们消耗了多少隐秘的激情

我用热气哈出一个庭院

用汪汪唤出一条小狗

用葵花唤出青豆

用一枚茶叶

唤出一片茶园

我用：喂　唤出你

比门前的喜鹊更心满意足

——在那遥远的地方

什么都做不成了

我们抽烟　喝茶　散步时亲吻——

额头上的皱纹

皱纹里的精神

当上帝认出了我们

它就把纸人还原成纸片

这样的叙述并不令人心碎

——我们商量过的：我会第二次发育　丰腴　遇见你

你和我

没有能够使用的词

被替代之后　被消解
在荒凉的西北山坡　衰草间
突然想起
你和我

——人类为之定义的：爱
没有能够使用的词

郊　外

没有人
就是没有我想看见的人

蝴蝶　蜜蜂　蜻蜓都不认识他

松鼠放弃了一次跳跃
熟透的果实　内核是坚硬的

雪地上有三重阴影：我的　树的　寂静的

失去听力的喜鹊
嘴巴闭得更紧了

——没有召唤　必须自我唤醒

新年的第一首诗

我想写好新年的第一首诗
它是大道
也是歧途

它不是哥特式教堂轰鸣的钟声
是里面的忏悔

仅仅一个足尖　停顿
或者旋转
不会是整个舞台

它怎么可能是谎言的宫殿而不是
真相的砖瓦
和雪霜

它是饥饿
也是打着饱嗝的　涉及灵魂时
都带着肉体

是我驯养的　缺少野性和蛮力
像我的某种坐姿

装满水的筛子……

草　原

除了这些简单的绿

还有我

和漫不经心的羊

一朵云飘的时候是云

不飘的时候是云

羊一样暖和

被偶尔的翅膀划开的辽阔

迅速合拢

在我从未到达的高度

鹰

游戏着

俯冲的快感

落日和暮色跟在后面

栽种玫瑰的人

一望无际的玫瑰
胳膊上密集的划痕　渗出血

墨镜才是他的眼睛
玫瑰的芬芳是黑色的——做梦吧：

用你们的脸蛋　财富　麦克风里的光荣
天空用它明亮的星星

古印度童话中：凡呈献玫瑰者
便有权恳请自己想要获得的一切

多么久远的事……我献出的吻
只是一个玩笑

仅此而已

继续做梦吧：你是我的全世界……
种玫瑰的人用玫瑰煮熟了他的玉米棒

和洗脚水……他接受了衰老
玫瑰让他老有所依　头疼医头　脚疼医脚

什么是爱情？

他是一个栽种玫瑰的人
是卡车将玫瑰运往世界时的滚滚红尘

两地书

活着的人　没有谁比我更早梦见你

你对我说……

你对我说……

你的死对我说……恍若

来世……致敬

今生

在黄果树瀑布想起伊蕾

纪念一个诗人最好的方式
读她的诗——

"白岩石一样

砸

下

来"

生前只见过一面
松软的沙发前　是壁炉和篝火
你的长裙拖着繁花　带来

安静　你递来的酒杯里晃动着一个大海
可能的日出——"我愿意"
而人间教堂的门
并未开启

与瀑布合影　突然的小鸟
填补了你的位置　年轻诗人模仿你
常用照片的眼神——我也曾模仿

"那尊白蜡的雕像"
是哪一尊?

无人的走廊

独身女人的卧室

——我继续读　　而黄果树轰鸣

瀑布继续：超越一个优秀诗人

意味着超越一个时代

马王堆三号汉墓·博具

飞鸟
云气
还在

它的玩法已经随着一个朝代的结束
失传了

小木铲
象牙筹码
球形十八面骰子
有西汉的人间烟火

——"轻徭薄赋
与民休息"

棋子似西汉的星空
触不可及

争胜负
赌输赢

我问：
左边的时间
是否赢了右边的自己

今日一别

回忆：

哪一个瞬间
预示着眼前

——今日一别　红尘内外

什么是圆满　你的寺院　禅房　素食
我选择的词语：一首诗的意义而非正确

江雾茫茫

靠翅膀起飞的
正在用脚站稳　　地球是圆的

没有真相
只有诠释

……仍是两个软弱之人
肉身携带渴望和恐惧　数十年

乃至一生：
凡我们指认的　为之欢欣的　看着看着就散开了

去了那里
人间也不知道

摇椅里

我慢慢摇着　慢慢
飘忽
或者睡去

还有什么是重要的？

像一次抚摸　从清晨到黄昏
我的回忆
与遗忘
既不关乎灵魂也不关乎肉体

飘忽
或者睡去
空虚或者继续空虚……

隐约的果树
已在霜冻前落下了它所有的果实
而我　仍属于下一首诗——

和它的不可知

老 人

老人哭过了
现在她坐在了公园的长椅上
她经历了什么
怎样的辛酸
或悲愤
她的坐姿告诉我
从未奢望过完美的人生
也不接受没有尊严的生活

回　答

并没发生什么——

快
与慢
在一张棕色的软椅里　社会学的
床单上

思想的
下一刻

在诗与酒的舌尖上……中间的左右……肉体的这儿
与那儿

命运的但是　和然而
之前

——在今生

三　亚

远离大海
紫金花就落进了我的菜篮

飞机从屋顶飞过一次
天空就问候我一次

散步时我想
这么好的空气
我却不能替你呼吸

也不能储存
不能运送到远方

孤独就是
你又重新喜欢上了自己

每天减去一餐
一斤二两重的书　每天只消化一克

万物从太阳中吸取营养
生命从死亡中吸取　一个时代呢

良好的睡眠来自满天星光
和心怀善念

母亲的阅读

列车上
母亲在阅读
一本从前的书
书中的信仰
是可疑　可笑的
但它是母亲的
是应该尊重
并保持沉默的

我不能纠正和嘲讽母亲的信仰
一代人有一代人的不同
也不为此
低头羞愧

人生转眼百年
想起她在沈阳女子师范时
扮演唐婉的美丽剧照
心里一热
摘下她的老花镜：
郑州到了　我们下去换换空气吧

是 的

当我写得艰难
不知道下一句在哪儿
都会打开钢琴
弹一会

有人用音乐移动群山
有人在词语里囚禁一生

我眼前的落日一经装裱
就可能被理解为日出　年轻时

我热衷歧义　永不抵达
现在我看重一首诗表达瞬间的能力

不会在下一刻有效——是的

我删除了那一句
这一年
并未得到另一句

寺

还剩下我

晚一些的黄昏
麻雀也飞走了

这寺
它的小和旧　仿佛明月前身
它的寂和空　没有一　也没有二

某 地

我照常来到某地

泡温泉　吃鱼虾　海洋陆地的闲逛

躺在阳台的摇椅里看书

看旧书

看秋水共长天一色

把眼前的什么山

看成马丁·路德·金梦想里佐治亚的红山

看昔日奴隶的儿子和昔日奴隶主的儿子坐在一起

共叙兄弟情谊……

某地阳光明媚

晒软了我

终日软绵绵的我

感觉自己从没这么像个女人

像一个美好时代减少的：黑暗中的人

增加的：光明的人

在梦里

在梦里
那些自杀的诗人朗读在那边写下的诗歌

诗歌里有死
更寂静了

鹰和鱼在舞蹈　茨维塔耶娃在转身：
不　请不要靠近我

这个女人怎么会有这么苍凉的背——
一个诗人的背

梦里　我看见他们——
那些自杀的诗人
一个个
谜底似的笑

——死有一张被意义弄乱的脸

白帝城

夜观星象
直到把黎明融入其中

一个普遍失眠的时代
有人数羊
有人默诵《出师表》
有人反复拆解着夔字的笔画
有人在天花板上临摹：万重山

观星亭
古钟高悬
飞檐上端坐着几缕清风
几个古人
看落花
听无声

我梦见自己
解开发辫
策马扬鞭
为把一纸赦书传给李白
叫醒了莫高窟壁画上的飞天：快 快

说谎者

他在说谎
用缓慢深情的语调

他的语言湿了　眼镜湿了　衬衣和领带也湿了
他感动了自己
——说谎者
在流泪

他手上的刀叉桌上的西餐地上的影子都湿了
谎言
在继续

女人的眼睛看着别处：
让一根鱼刺卡住他的喉咙吧

大悲咒

这些窗子里已经没有爱情
关了灯
也没有爱情

——为什么？ 为什么上帝和神一律高过我们头顶？

大疫之后

大疫之后
我认真路过每一条街
说每一句话

看时间的时候
好像什么东西存了进去

永无返还——活着　就是和每一分钟告别

地球自转加快
一天会越来越短

我明白这句话时
已经两鬓斑白

——生活的最终目标是生活本身*

* 赫尔岑《往事与随想》

橘子洲头

一代人有一代人的百感交集

历史有它自己的问天台　对书俑

家　书

草儿：

保加利亚的自然风光很好

女孩子身材美妙

大街上抽烟的

从游泳池里出来的

就更美妙

我今天到瓦尔纳了

住黑海边

这片海在不远处的希腊

又叫爱琴海

我的阳台伸向大海

有海鸥来去

祖国应该是黄昏

你该做饭了吧

咪咪在弹琴？

我在晨风中

柔软的沙滩上只有我和一只安静的狗

走走停停

草儿

我并没能把从祖国带来的忧伤

扔进保加利亚共和国的黑海里

我还在不断想起……

比如此刻

比如下一刻

圣彼得大教堂

宗教是古老的
教堂应该又老又旧
我这么想着
在时差和颈椎增生中晕眩
不能自持

感谢上帝将我一把扶住
辉煌的穹顶下
我及时给了圣彼得大教堂一个笑
给永恒的气味
天花板上的中世纪

给圣彼得手上那两把通向天堂的金钥匙
他右边的格林威治时间

有人正在为国家哭泣
有人为一只生病的金鱼

十字架上的耶稣　他受难
他多么美
漩涡般的眼睛深陷
世人向外流出的泪
他向内流淌

打扫祭坛的老人佝偻着

她手里的小铁铲钟摆般平静　准确

不会惊扰谁的忏悔

谁最卑微的祈祷

梵蒂冈的黄昏

月亮从忏悔席升上天际

梦

一个小站

一些冷风

我老了

火车票也丢了

时间拎着它的风雪

我提着童年的小提琴

这有多好

我老了

我的梦让我看见：我爱过的那个人

像爱我时一样年轻

相信爱情

婚姻里的睡眠

我睡得多么沉啊

全然不知

他们　就这么进来了

抽了一会儿烟

喝了一会儿茶

还翻了一会儿书——诗歌太多

当他们在黑暗中相拥

她的香水散发得更快

在我一直和一只蜘蛛交谈的梦里

他们启开我书房的白兰地

慢慢

摇着

交换了身体里的热

还灌醉了我的猫

它的眼睛醉了

爪子和皮毛也醉了

它的腰

在飘

它喵喵着

喵……喵着

我睡得多么沉啊

这一切

我全然不知

如　果

如果暮色中的这一切还源于爱情——

手中的蔬菜
路边的鲜花
正在配制的钥匙
问路人得到的方向
一只灰鸟穿过飞雪时的鸣叫
一个人脚步缓慢下来时的内心

——冷一点　又有何妨
如果这一切都在抵达着夜晚的爱情

我知道

我知道——整个下午她都在重复这句话

掩饰着她的颤抖　耻辱
她的一无所知

咖啡杯开始倾斜
世界在晃

"你知道　我比你更爱他的身体……"

是的我……知道
我知道

她希望自己能换一句话
等于这句话
或者说出这句话：
请允许我用沉默
维护一下自己的尊严吧

她希望能克制这样的眼前——
从生活的面前绕到了生活的背后

芦苇荡

云朵垂落
没有枪声的芦苇荡多么安宁

喇叭花遗忘了冲锋号
求偶飞行的翅膀代替了流血牺牲

一条小船上
站着几个诗人

他们无法分辨哪一根芦苇在躬身自省
他们知道哪些诗可以不写

流水宽阔
天际空茫

有人试图解释：那片羽毛
因何突然脱离了正在飞翔的肉体

尖锐的疼痛
或自我厌倦

有人默诵自己的诗句　记得当年
望着芦苇的目光——多么年轻

像那只白琵鹭
拥有整个天空

忏　悔

——宽恕我吧

我的肉体　这些年来

我亏待了你

我走在去教堂的路上

用我的红拖鞋　用我的灯笼裤

腰间残留的

夜色

蛐蛐和鸟儿都睡着了

我还在走

所有的尘埃都落定了

我还在走

天空平坦

而忏悔陡峭

我走在去教堂的路上

崇高爱情使肉体显得虚幻

我的起伏是轻微的

我的忧郁也并未因此得到缓解

欢 呼

像羽毛欢呼着大风

我欢呼你奔腾与跳跃时的轰鸣
像滚动的雷声
传递着自己
我看见天空的震颤
黑夜的裂缝
——被你掠过时的快感

我欢呼
你带来的　新的　更猛烈的
绝望
和　灰烬——

尘 世

没有幸福
只有带着伤口滚动的泪珠

移居长安

钟声里有十三捧黄土　一首歌
叫长恨歌

有一阵阵微风吹着我 2008 年突然的白发
我停止写作的理由

有神对人的宽恕和悲悯……我知道
但我不说

一件事
你还好吗?

有一双适合手风琴的手　也适合重逢
我的祈祷是有用的

有开往孤独的地铁
更广阔的……空虚

有妃子们
个个朝代的哀怨　叹息

福利院

许多纸
我们没写下什么
就成了废纸

有一张　不同
福利院的孩子
用春天的语调
把它读出声来
把细小的愿望读出声来
把驮走一块块阴影的翅膀
读出声来
喜鹊的叫声响在纸上

喜鹊的叫声响在纸上
当孩子们微笑——
朝着阳光温暖的一面

木雕颂

只有农耕时代

担着稻谷的人

才会有的连胡须一起颤动的

喜悦

无论他是谁

此刻你都认领为自己的祖先

肚子还是瘪的

被压弯

不能再多弯一寸的身体

似在恳请你和他一起期盼

炊烟　　从屋顶升起

木雕来自民间

一直在我书桌上

理由简单：

训练自己近乎丧失的解读喜悦的能力

宽阔的斗笠下

老人一条腿跪地—— 一个敬献者

把稻谷献给谁

喜悦的

连胡须一起颤动

——土地

向 西

唯有沙枣花认出我
唯有稻草人视我为蹦跳的麻雀　花蝴蝶

高大的白杨树我又看见了笔直的风
哗哗翻动的阳光　要我和它谈谈诗人

当我省略了无用和贫穷　也就省略了光荣
雪在地上变成了水

天若有情天亦老　向西
唯有你被我称之为：生活

唯有你辽阔的贫瘠与荒凉真正拥有过我
身体的海市蜃楼　唯有你

当我离开
这世上多出一个孤儿

唯有骆驼刺和芨芨草获得了沙漠忠诚的福报
唯有大块大块低垂着向西的云朵

继续向西

窗外的海

你沉默
独自一人
望着它

沙滩和潮水　记得你曾写下的笔画
——恍如隔世

不是一个人
一代人

唯有太阳
理解它照耀的山河

你内心的波澜　被反复摔碎的浪花
理解你的沉默

无论你写过多少大海的诗篇
它都会给你另一首

你跑起来了
红裙子的一角　拽着大海的潮汐

露出的腰肢
多么美

——想起即是看见

为了爱的缘故

花木们开始用香味彼此呼唤了

我的思念躲在睫毛后面
如此轻易地
把每一阵暖风的吹拂
亲切成你的触摸
我的思念伸出手来
摘到水中月　镜中花

一千只一万只蝴蝶的翅膀
飞过花蕊上的露珠　甜甜的
裂开一条小缝的
还有我长椅上的心

我将这样坐下去
为了爱的缘故　直到
把一些遗漏的细节
重新想起

封面上的人

如此奢侈的仰望　高过梦想
高过天堂轰鸣的钟声
使多少方向
改变了初衷

冷静　柔软　被时间穿透的秋风
薄如蝉翼
使所有弯曲贴近内心
使黑夜在东方发亮

——"我是你无数次搂抱过的女人"

低垂两滴悬空的泪
让仰望在疑惑中坚持
被自己弄脏的人
会被它
洗涤干净

我想起

——给咪咪

我想起

我望着尘世时

想重新给你一个童年的愿望

那一刻

我做了母亲

突然的海市蜃楼

多么美

突然的

我想起草地上你说起爱情时笑眯眯的小模样

发辫挂着雨珠

喀拉峻草原的风已经停了

是我在叹息:

一个孩子必须交出阅历的成长

多么揪心啊

东湖需要一首诗吗

它需要有限对无限的感知
被我们玷污的词语获得清洗

清澈重新回到人的眼睛
想一想明天的生活

满天星光回到夜空
这古老的景象已经消失了

多么寂寞的现代
需要微风吹过水面教会干枯的心

重新泛起爱的涟漪
似五线谱上的巴赫　柴可夫斯基

来过的天鹅
又来了

鱼群　鸥鸟　愿望中的丹顶鹤
需要我们带走明天的垃圾

小女孩

校园。 隔着铁丝网望去
那个独自玩着树叶和沙包的小女孩
细瘦的
多像我
她拴好了橡皮筋　并没有跳

她该多么乏力——
如果她的心　被迫装进了大人的秘密

西南风旋来操场上的灰
她的书包里
也有一张偷偷撕下
贴给自己母亲的大字报？
——我哭了
当我把那些白纸上的黑字
和母亲那件束腰的旗袍
扔进河里
埋在土里
碾碎在轰隆隆的铁轨上

河水里的黄昏还在
震碎耳膜的汽笛还在

她跳起来了　小女孩　欢快　明亮
橡皮筋在树荫下一次次升高
她的小衣衫被风旋起时
荡出的一截空腰
多像我——

蝴蝶结在飞

邀请函

唯有自然不会让你失望

唯有自然

来吧　带着你血液里的大漠孤烟

和你身体里那个在沙坡种下：树

的九个笔画

每天去浇水的小女孩

带上敦煌就要干枯的月牙泉

和玛曲草原把湖叫做水镜子的拉姆奶奶

她笑起来多么美：

活着心地洁白

死后骨头洁白

来吧　带着你永不疲倦的诗人之心

"试着叙述你看到的　体验到的　为之动情

和失去的……"

书房里　你的眼睛老花得越来越厉害了

一些词开始模糊

一些已经消失

你的写作变得艰难了

在书房里丢失的会在草丛中找到……来吧

自然比社会好看多了

爱　直到受伤

情人的脸　情人的皮肤　黑眼圈——
当她在阳台上阅读
或者发呆
将烟灰弹向虚无

或者　手埋着脸……哭……

而此刻　暮色将红尘抱紧
当绝望不动声色时
它是什么
绝望本身　还是它的意义？

当她继续阅读　浮动带来暗香
辽阔的黄昏带来无边的细雨
和赞美——

我赞美情人的眼泪——爱　直到受伤

漫山岛

黄昏时上岛
更寂静了

小桥　流水　柴门　棉花地
押的都是平仄韵

什么都是远的
只有照在身上的阳光是近的

失去听力的老人
除了慈祥
从未奢望过另外的余生

因一朵蒲公英和两只小山羊
而跳跃
旋转
荷叶裙一圈一圈的
小女孩的快乐一直荡漾到天边

旧木窗的灯光　似萤火虫
路过的人
和神
要问候它

聊斋的气味

一件巴黎飞来的大衣把我带进了更凛冽的冬天
威斯忌加苏打的颜色
聊斋的气味
纸上芭蕾的轻柔
痛苦削瘦着我的腰

肉体消失了　爱情
在继续?

——聊斋的气味
它使黑夜动荡
使所有的雪花都迷失了方向
使时间　突然
安静下来

我把脸埋在手里
像野花把自己凋零在郊外

一件巴黎飞来的大衣
把我带进更浓烈的酒杯　偶尔的
粗话

让我想想……

让我像一团雾

或一团麻　那样

想想

作　文

在泥土之上
在呼唤之上
秋天的风　就要来了

就要来了
秋天的风

我要放下其他
拿起针线
去为另一个孩子把短袖接长

然后　说出那篇作文的开始
秋天的风和它的空麦壳
就要来了

跳舞吧

我存在
和这世界纠缠在一起

我邀请你的姿态谦恭而优雅
我说：跳舞吧
在月光里

慢慢
弯曲

在
月光里

月光已经很旧了
照耀却更沉　更有力

我在回忆　在慢慢
想起

你拥着我　从隔夜的往事中
退出

风中的胡杨树

让我想起那些高贵　有着精神力量和光芒的人
向自己痛苦的影子鞠躬的人

——我爱过的人　他们
是多么的相似……
因而是：
一个人

不会再有例外

禅　修

我在摇椅里　他们在床上

或寺院里

还有人在暮色辽阔的山坡上　滴水的

屋檐下

杨柳岸

在本能对爱的练习里

也有人在一本书的空白处　烟尘里

在另一本书的插图上……

在月亮的光辉和肉体的属性里

读书日

那时候
一进书店就心慌
人生也不知如何
是好

那时候
书店不大
书封朴素
每一本书都好

现在平静
许多书不值一读
缠着烫金腰封仍不值一读

所谓的人生
也不过日出　日落

我的诗集一定要越出越薄
去掉硬壳序跋
白纸黑字就好

拉　萨

风云的变幻慢了下来
一个无神论者在神的土地上

我缄默
不敢妄言

遗失了肉体只有魂灵
我独自一人坐在布达拉宫广场

控制着那难以控制的……又独自一人
回到拉萨社会主义学院

拉萨在雨中
闪电在雷声里

像一首诗不被允许的部分
我心中还有另一个拉萨

神在祈祷
鱼和鹰独立飞翔

木屋一夜

我想把这一切送出去——

天上星星
门前溪水
篝火对夜晚的理解

——送给相信爱情的人

因这样一个夜晚
获得抵御虚无和孤独的力量
在某个疲惫的黄昏有了突然低头一笑的轻盈

送给篝火旁的一双鞋
曾经分离
又带着各自的泥泞和踉跄
再次相聚
互为左右
终为一双

或者　送给 30 年前的
你
和我

奇　迹

她瘦小　孤单　嘴唇干裂
发辫被山风吹乱
她望着我

在日喀则
我遇见了童年的我

风吹着她胸前 1970 年的红领巾
吹着我两鬓的白发

她望着我　像女儿望着母亲
我羞愧

突然辛酸……

关于生活
我想向她解释点什么

就像一根羽毛向一阵大风解释一颗颤抖的心
像因为……所以……

爱

内心的荒坡
刚刚被谁翻过土

种一个吻会长出什么
种下一缕白发长出秋天的芦苇

种一颗头颅长出一窝兔子　蘑菇有毒
种下犹太女孩的请求长出刽子手叔叔

和深坑……但诗
不该有一张被咬牙切齿毁掉的脸

种一根粉笔吧　在每天的太阳上写下：
让天下的孩子都睡在妈妈怀里……当我们

为叙利亚战火中小女孩的那张画心碎
为所有的伤口……

种下你的缄默
长出秋空的雁阵

也播撒你的祝福　收获棉花和葡萄
葡萄酿酒　爱　将醉倒的影子搂在怀里

2010 年除夕

最后一夜……

她当然知道自己在说什么
当然

没有勃拉姆斯　也不是 1896 年他从瑞士
赶往法兰克福的那种痛苦

冰雪大地的上空
政府在燃放烟花

人民或者生活
在吃团圆饭

那些包着火的纸　在往好处想——
那些正在变成尘埃的眼泪
将要变成纪念碑的石头

和铜

一盘棋

草木在入秋
小卒子过河了
还带去几片枯叶
和一个老人寂寞的下午时光

从黑发到白头
生命最终输给了时间　此刻
他需要一次这样的胜利：
左边的他
赢了右边的自己

似乎　生命因此多出了一个下午
甚至一个人生

巨大的　一动未动的　石头棋盘上
除了阳光和树影
还来过三只麻雀
一只松鼠
飘过天空的云朵

也飘过大地

所有的

所有突然发生的……我都认定是你

一条空荡的大街

镜子里的风

脸上晃动的阳光

突然的白发

连续两天在上午九点飞进书房的蜜蜂

掉在地上的披肩

要走的神

和要走的人

心前区刺痛

划破我手指的利刃

包裹它的白纱布

继续渗出纱布的鲜血

所有发生在我身上的

都有你

神在我们喜欢的事物里

我躺在西北高原的山坡上

草人儿躺在我身旁

神在天上

当沙枣花变成了沙枣

神在我们喜欢的事物里

我一个孩子懂什么阶级

没有了小提琴

我孤单地跟着一条小河

几只蝴蝶　翻山吃草的羊群

几个音符跟着我……

高原上　当我对一只羊和它眼里的荒凉与贫瘠说：

神在我手心里

我一定紧紧攥着一块糖

而不是糖纸包的玻璃球

不是穷孩子们胃里的沙枣核

北斗星

北斗星　糖罐里的勺子
——贫穷激发孩子的想象力

无法回到童年
但我可以半夜醒来去给梦中的骆驼添加草料

你一直在那儿
从未改变

还是我怀抱小兔
站在高原指给它看的样子

一个稚气未脱的小女孩
萌生了变成一颗星的愿望

七个小矮人啊
我还是愿意开花的沙枣树是得救的白雪公主

愿意七只小鸭在水上排出了你的形状
其中的一只是我

精神病院

我安静地玩着空气
在精神病院的长椅上

一个男人向我走来
他叫我：宝贝
他的风衣多么宽大
他的女儿像他年轻时一样忧郁　迷人

我的眼神呆滞
或飘渺
空洞或涣散

我看一会儿他们
玩一会儿空气

他叫我宝贝
在精神病院的长椅上
我已经分辨不清他是我的孩子
还是我诗歌里的情人

向北方

突然想看看自己在南方的大雪中
回忆起北方故乡
和童年的脸

——只有心怀炊烟
才能看见从童年滚来的铁环

我给它欢快的下坡
被撞响的落日
奔跑而来
又将它叼回童年的小柴狗

鸡毛毽
小提琴
发辫上的沙枣花
但我想给自己另一个童年

白茫茫
向北方
想起一些人
忘掉一些事

——没有几次断肠　人生有什么意思

一只非非主义的鼠

它开始有点惊慌
在床的腰部
它甚至迈着绅士的步伐
完成了一次孤独者的
床上散步
然后　它轻轻一跳
沿着我的背影
向它的黑暗走去

我用猫的伎俩
陪它走了一会儿

震 荡

建设的声音使整座楼的玻璃
都在震荡
有人说：破坏

鸟落了那么多羽毛
我出了那么多汗
建设的声音由轰鸣变成敲打
像警笛拐进夜色

整个晚上
我都梦见自己
是一根反光的钉子
就是不知道
该钉在哪儿

继　续

为隔壁老人的琴声送去掌声
带走她门口的垃圾袋

给流浪猫起个世界名模的名字
她嫁过一个诗人

把两条鱼冰冻在一起
融化时相拥而泣

日行一善
对自己僵硬的颈椎说：好　枕头放低

对满天星光说：明天继续啊

亲爱的补丁

像一块补丁
炫耀在一个漏洞上
一块比漏洞更危险的补丁

在这个下午
在这个时间顷刻到来之前
这不是我
想要的

不是我的肉体跪在自己的灵魂面前时
疼痛的裙裾
想要的

——亲爱的下午
或亲爱的补丁

岳麓书院·自卑亭

祝福自卑之人

承认人的局限
即是对宇宙万物保持敬畏之心
一定是低矮谦卑的姿态成全了我的诗行
恰如其分的人生
使我成为我愿意成为的——今天的自己
也祝福忧伤之人——遇到春天就可以治愈的忧伤

承　担

她被迫交出了指印
在落日与黑暗的交接处

比短更短
从崩溃到死亡
多长时间?

她晃了一下

活下来
承担　是一种美德

陪母亲散步

而你们
被选中
可又有谁幸免

一代人

理想掉在地上
爱情逃回词典

从集体的呼喊到个人的低语
中间有太多的政治荒诞

黄昏从落日中来
国家公园的长椅上
你用俄语重复着一个短句
并和自己声音里的青春
相视而笑:

风在树上
雾在雾中
无人忏悔的教堂　一只蜘蛛在发胖

大　师

走在图书馆回家的路上

有些空虚

刚刚

他分别用法语和英语

对笑眯眯的女学生表达了爱意

伸手时

图书馆的阶梯突然直立起来

悬空　踉跄　总之斯文扫地

柏拉图时代已经过去

量子理论说

当一个粒子颤动

会波及另一个粒子

大师神色凝重

几声干咳

用两个汉字

分别塞紧了两只耳朵

——膨胀　膨胀　要越塞越紧

落叶和风扑进他怀里

更加空虚

切　开

她切开了一只蜜柚
她允许可吃的部分不多
允许小和空
为消磨时间的吃
只是一个动作

时间还早
刀也还锋利

她又切开苹果　橘子　木瓜　南洋梨
这些有核带籽的果实
多么值得信赖
她用蜜蜂的嗓音
用泥土和汗水和草帽的嗓音
和它们说话……
她恍然于自己把美好情感寄托于童话的能力

她好像打了一个盹

突然　她指着窗前的月亮：
你　都看见了
如果我在这里坚守了道德
那是因为我受到的诱惑还不够大

一件事

一件事……

我试着用另一件事
对比它的不同
却使它得到了深度的磨损

一件美好的事
在傍晚的秋风中
令我悲伤不已：
它就要缩小为日期
和名字

时间　我
想念他

停 电

突然停电

写作中断

我呆坐

在黑暗中

思想李白时期的明月光

地上霜

一小时过去

电脑在一小段苏格兰风笛中亮起

我的写作却无法继续

有时候

一首诗就像一个人

断了气

就不行了

儿童节

他在等他们醒来——

彻夜的争吵使他们疲惫

看上去很累

小男孩穿戴整齐

独自系牢鞋带

背起了双肩包

在小板凳上

在玻璃窗前

在儿童节的兴奋里

等他们醒来

——乘 4 路车　去动物园

母亲在发呆

一再将枕头和身体移向床边

突然她一跃而起

父亲的鼾声停止了

争吵在继续……

可怜的小男孩

他背着双肩包

在小板凳上

在玻璃窗前

来回哭泣

——他希望自己有一张植物或动物的脸

春 天

被蜜蜂的小翅膀扇得更远
我喜欢它的歌唱
赞美中隐含祈祷

露珠抖动了一下
第一只蝴蝶飞出来
它替桃花喜欢自己

飞过冬天的鸟
站在光斑上
它干了的羽毛里
身体还是湿的呢

那片黄叶
从春天的和声中脱离出来
　　它在低处
　　向上祝福

白帝城之二

李白闻赦的地方

——诗人的错误可以原谅!

这臆想瞬间鼓舞了我对写作丧失的信心
对眼前危崖鸟道的爱
漫山遍野的脐橙
仿佛一颗颗小太阳挂在树上
路边站立的
皆为君子

万重山
倒映水中

哪一声鸟鸣
荆棘般拽住了我的衣领

使我刚刚获得的力量
又被历史灌进脖子的冷风消解了

表 达

点到为止的蓝

它准确地抓住了一朵浪花
抓住一朵浪花
就抓住了一个大海
抓住了波澜的翅膀　隐约
但值得渴望的
灯塔

——一盏已经灭了
另一盏正在飘

喧哗能看见什么
在寂静的倾听里
它几乎表达了无限

拒　绝

阅读让我安静下来

我不再想：我拒绝的是他　还是

他这个年龄的爱情

——阳光与青草的气息

一双清澈而忧郁的明眸　脸颊冒着热气

他真的可以分清：情欲事件

与爱情

——他这个年龄

棉花籽

一包棉花籽

会梦见什么

我童年的花棉袄

跪在床上让它一寸一寸变厚的姥姥

她低挽的发辫

对襟衣服上的盘扣那么美

——"弹棉花　弹棉花　半斤弹成八两八"

大西北

当我想起你

漫山岛的烟雨

就带着江南的葱郁奔向你

——驼铃和昆曲相互问候　芨芨草和覆盆子相识

我梦见自己裹在襁褓里

父母年轻

理想遍地

从东向西

坚定的意志像轰隆隆的铁轨发烫

——西北有大荒凉　　因而有海市蜃楼

暮　年

她左边多出的　右边减少的　以及
那些爱情
是否真的存在过
都不重要了
接受了早安的问候
现在她接受晚安
并允许接下来的暮年抒情——
多好的夜色啊
游离于哲学和宗教之间
它是我床前的
而非纸上的
我曾经用它做梦　眺望　爱
——像花儿怒放
又像果实
饱满
多汁

现在　她只用它睡觉
在消失的欲望和谎言中

古剑山·祈愿锁

活着的人　有着怎样的心愿——

"愿我嫁给爱

和自由　而非一桩交易"

——此处山河多雾

欢欢　一只患抑郁症的小狗终于解脱了

可爱的童体字　刀刻的眼泪

——一个孩子对死亡的理解从一只狗开始

我是谁?

狂草适合问天

——山中不知道　下了山就知道了

"必须有人承担回忆的责任……"

这是一把锁　还是西西弗斯滚动的石头?

——雨水和锈　掩盖了刻刀断过的痕迹

小鸟为什么站在这里

只有这把锁插着它的钥匙

——美好时代就是对人民的幸福负责

祈愿锁像活着的人默默挽起了手臂

青　春

站着——

女孩嘴巴圆润
男孩看上去慌乱

站着——

背着书包站着
贴着墙皮站着
用肯定式站着
用否定式站着

脸对脸　站着——

滚烫　懵懂　无处搁置的青春
狠狠
站着

对一尊塑像的凝望

我一边看
一边为他重新命名

我从未这么认真地使用过我的眼睛

当我的目光开始发热　变亮　让石头变软
透过时空的风霜
信仰的锈迹
在他凸起的地方凸起
逆光的地方逆光
在他停止的地方继续思想
我感到：激情
还在

许多次　我以为我已经抵达了触摸
——在他空荡的臂弯
埋进我的头

活　着

他们都走了
我也从事故现场的叙述中侧过身来

我活下来是个奇迹

这多么重要——我认出了自己
和他们：
母亲　草人儿　咪咪　一截电线上
悬着的
一小排雨

与命运的方向完全一致　或者
截然相反？

多年以后
一道疤痕的痒
是对这个女人完美肌肤的哀悼……与回忆

他们都走了　我慢慢移动到阳台上
在最容易伤感的黄昏时分
看着
想着
舔着泪水

——是的　上帝让我活下来必有用意

这一张

又一个
十年

画我
为这一刻你飞过了恒河

短襦长裙
惊鸿鹄髻
你还活在晚唐
还爱着好诗人李煜
从不征求时代的意见

喝完咖啡
就说再见

和从前一样
你用我的画像
遮住自己的脸

这一张
我的抬头纹
配合你鬓如霜

抑　郁

她给患抑郁症的丈夫带来了童话

她用童声朗读着它

她带来雪花的笑声

带来魔术师的手臂

在消毒水气味的春天里

她用身体里的母性温暖着他

在他抑郁的身体上

造了一百个欢悦的句子

花落了又开

春去了又来

泪水漫过她的腰

在消毒水气味的春天里

在一棵香椿树下

她像知识分子那样

低声抽泣——

而这一切

并不能缓解他的抑郁

美好的日子里

多么不容易
我有时竟为此激动不已
一个人的到来
和整个春天的即将降临

一些相对而言的爱
像春风一样和煦
它就是春天的风
人群里　我感到眼眶潮湿

还有什么比这更靠不住
而值得渴望的呢
美好的日子里
我什么都知道
什么都不说——

一朵花　能开
你就尽量地开
别溺死在自己的香气里

记

我不修补

完美真的存在？

也不问：为什么

把自己变成一次因为……所以

只有遗忘

才不会使它因回忆受到磨损

如意桥

过了如意桥

就是曾消失的半镇寺院

一些词过去了

不再回来

我不过去

也没有完成一首诗的意思

完成意味着了结

对有神论之事

我不想了结

清风杨柳

如意桥连着此岸烟火

都活着

就不存在真相

只有选择

海 边

无论她梦见了什么　醒来

都去喂一只猫

她知道——穿法式睡衣的女人正从对面望着她

喂猫　在有泥土的地方栽种：小纸条

浇水

盼望

自言自语

她躬身

恰好吹来一阵风

那是芭蕾舞者的腰肢

她旋转　多么轻盈——似乎生活并未掏空她

她的女儿和丈夫

正从海上归来

并未死于车祸

当大海的万顷波涛止于足尖——她用空无一人的谢幕

暴雨淋湿的谢幕

用精疲力竭

折磨自己……她不再是

妻子

母亲

她只是一把打开 B28 的钥匙

滴着水

我挨着你

像幸福挨着幸福
我挨着你

多么矫情的陈述
全为强调他们坐过的位置
曾留在我们中间

这一刻的心满意足能持续多久？

残酷的经验啊
使一个值得抒情的姿态
变成了说文解字的醒悟
　　　我是他可以省略的偏旁
　　　他是我可有可无的部首

——像错字挨着错字

藏　寨

七八只羊
两三只鹰

翻过雪山的风
吹着金色的荒凉
吹旺了一盆秋天的粪火

多么美
坡上：一截背水的腰

和向她飘去的神秘藏语：阿 嘛 呢 叭 咪 哞
阿木去乎
我省略了关节炎　风湿病
卓玛的疼……

你省略了一张完美的油画……该省略的

诗

它靠了靠左边
又靠了靠右边
一首诗
得到了气球与群鸽齐飞时
落下的一根羽毛

诗意中具体的部分——
那只鸽子
它身体里的蓝天
也随羽毛
落了下来

我需要这场雪

我需要这场雪

我需要某个清晨拉开窗帘看见世界的变化与陌生

我需要孩子们看见大地上属于自己的

那一行小脚印

孩子们的笑声

难道不是人间最美的天籁

他们正在笑

是的我需要

我需要看见人类相互搀扶　彼此温暖的这一刻

——这突然涌出的泪水

柔软的空白　模糊不清的辨认　眺望……

像爱　需要一次动摇

一次怀念

像时间可以拆开

我需要这样一条短信：

我生活在与你相会的希望中

——我需要眼前这一切

英雄·美人

英雄和美人
都老了

一朵雪　在我们相握的手上
怀着时间和风雨的歉疚

雪花很小
落得很轻

有一句问候　与问候
不同
往昔在里面
未来也在

多好的眼前——
往事看着昨天
我
看着你

从酒吧出来

从酒吧出来
我点了一支烟
沿着黄河
一个人
我边走边抽
水向东去
风往北吹
我左脚的错误并没有得到右脚的及时纠正
腰　在飘
我知道
我已经醉了
这一天
我醉得山高水远
忽明忽暗
我以为我还会想起一个人
和其中的宿命
像从前那样
但　没有
一个人
边走边抽
我在想——
肉体比思想更诚实

下　午

又一个下午过去了
我人生的许多下午这样过去——
书在手上
或膝上
我在摇椅里
天意在天上
中年的平静在我脸上　肩上　突然的泪水里：
自然　你的季节所带来的一切　于我都是果实

为此刻署名

不是我想要的——

一些词替换了自己
一些撑开了伞
某种力量消失了

那就为此刻　署上我的名字：
书房里的自然光
烟草味
用力碰过的酒杯
比一首诗更重要的交谈

和窗外
草地上
去掉了尿不湿
从婴儿车上站起身来
哗哗尿尿的男孩
他父亲开怀的笑声

阳光照旧了世界

弥漫的黄昏与一本合上的书
使我恢复了幽暗的平静

与什么有关　多年前　我尝试着
说出自己
——在那些危险而陡峭的分行里
他们说：这就是诗歌

那个封面上的人——他等我长大……
如今　他已是无边宇宙中不确定的星光
和游走的尘土
哲学对他
已经毫无用处

品尝了众多的词语
曾经背叛
又受到了背叛
这一切　独特又与你们的相同　类似?

阳光照旧了世界
我每天重复在生活里的身体
是一堆时间的灰烬　还是一堆隐秘的篝火

或者　渴望被命名的事物和它的愿望带来的耻辱?

幽暗中　我又看见了那个适合预言和占卜的山坡
他是一个人
还是一个神:
你这一生　注定欠自己一个称谓: 母亲

地板上的连衣裙

刚才
它还在和一个人的肩
和她的腰
腰间的寂寞
一起颤抖
哭泣
尖叫

现在
停止了

他们一起绝望
绝望出上一个时代的皱褶

鼓　掌

越鼓掌越生气
越鼓掌越郁闷
鼓着鼓着他开始失声痛哭

在一起

从纸上下来
在椅子上坐了很久

太阳剩下半张脸时
我的眼睛
确实看见了你的身体
和我
在一起
可我又是多么容易感到
你在事情之外的
荒凉
我反复抚摸的
只是你一件衣服上
一根多余的
线头

新　年

向你内心的秘密鞠一躬吧
向它沉默的影子

向你隐藏着爱的秘密的身体——
它寂静的灰烬或燃烧的火焰
鞠一躬吧

——有时　它就是你生活的全部意义！

倾听之手

小腿上
一道突然暴露的疤痕
让他们的谈话从遥远的柏林墙
来到眼前

她缓慢地讲述
停顿　弥漫着树脂　泥土　果实
以及阳光味道的风
让他确信
多年之后
她已经允许他用倾听之手抚摸她的伤痛
多年……之后

人生太虚无了

他的倾听之手正被这虚无的力量所召唤
所命令：
捧起这张脸
埋在自己的胸前……

重复

——给草人儿

病床上　女儿蜷缩着
睡着了
三岁的小胳膊连着液体
她心疼
哭
——让我孩子的病得在我身上吧

这是谁　曾经在她的病床前重复过的一句话
母亲！

她哭
眼泪看见未来
是的
有一天
她的女儿也将以母亲的身体
体验一颗母亲的心

继续重复这句话
——让我孩子的病得在我身上吧

一朵花

潜入你的寂寞的是谁的寂寞

一朵花
当一股风就要吹开你的瞬间
突然停止
这股风　具有
经验

大雨滂沱

大雨滂沱
没有一片叶子
能挂住一滴水珠
——爱情在雨中

在滚动的雷声
和闪电的阴影中
一场准备好的梦
像那只鸟
栖息在黑暗中
它设计了自己的动作
和起飞的姿态
在后退的凝望中
完成着逃离的预想
——爱情在雨中

在悬空的坠落
和动摇的弯曲中
被淋湿的眼泪
不再是眼泪
——爱情在雨中

让明天的回忆把我拎出

在常青藤的座椅里

抚摸一场

燃烧后的

灰烬

等　待

雪地上
我写下鸟
就开始等待
我相信鸟看见了
就会落下来
站一站

鸟儿始终在树上

那些会使用米粒和网的孩子
抚摸了鸟的翅膀

哈尔滨　滑雪

好吧我说：我一再向教练请教的
不是如何让自己滑得优美　流畅
而是如何及时地刹住自己
在我想停下来
或不得不停下来的时候
能够迅速而体面地控制住自己的身体
和可怕的惯性……

而从前——2008 年之前
我　不是这样

孤独的丝绸

一只沉寂的蝴蝶

在孤独的丝绸上失眠

——夜　那么长

它看见虚幻的翅膀正在飞翔

飞翔掠过苍茫

看见一些月光在郊外怀旧

被她轰轰烈烈抛弃的

正是她想要的

——当她沉思　两个乳房　很重

它看见风　风吹过就走了

它看见雨　雨下完就停了

——夜　那么长

对应内心的渴望

它看见假花上的那只蜜蜂

不再飞走了

它把尴尬　一直

保持到最后

——"我多想是一片安眠药"

⋯⋯一个假如

从丝绸上经过

失眠在飞翔

　　虚幻在飞翔

　　　飞翔在飞翔

　　　　──夜　那么长

坎布拉

坎布拉　他们希望看见一首诗
和不朽
我想看见一只狼
受惊　奔跑　嚎叫着
撞向落日

除了内心的荒滩和衰草　坎布拉
我什么也没看见
就靠着一棵树睡着了

树那么静　坎布拉
干净的天空下
站着雪山
飞着鹰

而我只能用一阵一阵的睡眠
缓解酒后抑郁对我的折磨

我又睡了一会儿

安 检

张开手臂

脱掉靴子

和大衣

探测棒在我身体上游来游去

一条小鱼

我有了溪水清澈的感觉

溪水是安全的

是激烈的闪电平静于大地

那团火早就灭了

此时的我

和五天前

站在这里的我

是同一个

活着玩的

甘南碎片

1

晒佛节。 佛一年出一次门
晒一次太阳
眯着眼　佛对温暖有什么感觉
我们当然不知道

2

三棵树的草原。 第一棵和第二棵
保持着央金和扎西的距离
第三棵和我们
保持着眼睛和抚摸的
距离

3

郎木寺。 光着脚的郎木寺
一只靴子在四川淋雨
一只靴子在甘肃踩沙
会飞的鸟
左边飞一小时

右边飞 60 分钟

分界河里　会藏语的鱼

走在朝圣的路上

4

诗人们。　叫不出名字的花朵

叫不出名字的情感

成为我们心中永远的痒

你们什么也没看见

是玛曲草原的鹰

在做梦

5

小卓玛。　我给了你小梳子　指甲剪

和你捧在怀里的小镜子

你给了我格桑花的笑

这有多好

6

尕海。　温柔啊

鬓边插露水也插羽毛的尕海

绿裙裾镶雪白边的尕海

想念人也想念神的

尕海

7

晚上。 多好的月光
学着一只羊的样子
从一个栅栏
跳进另一个栅栏

神的微笑
在继续

8

芨芨草在期待不寻常的事物
阵雨停止了
一只蚂蚱把自己暴露出来
一条腿的蚂蚱
对秋天和那句民谚的有力踢蹬
让我不敢轻易觉悟人生

爱　我的家

因春光而明媚
落叶归根时我坠入我的爱
爱　我的家
让我把外面的风尘
关在外面

被清风细雨抚摩的幸福
可以拿到太阳下晾晒的幸福
让我心甘情愿
做一次袋鼠

一个女人的衣襟里
仅有爱
是不可靠的

像音符抓住了琴弦
你抓住了我以外的什么

随父姓的胎儿
我们的小王子
我努力把你的嘴型生得高贵
像你母亲
　　　只传播幸福
　　　不渲染苦难

注　视

很多时候
人并不知道自己在想什么

一首诗知道

渴望变成种子的麦粒知道
贴在哭墙上的额头知道

我眼前　这把 1946 年的小提琴知道
你注视它
就是拉响了它

它是你年轻时身体的曲线
风烛残年时的颤抖　咳嗽

时间是这样一把琴弓
——只有树和鸟是本来的样子

写　作

让我继续这样的写作：
一条殉情的鱼的快乐
是钩给它的疼

继续这样的交谈：
必须靠身体的介入
才能完成话语无力抵达的……

让我继续信赖一只猫的嗅觉：
当它把一些诗从我的书桌上
叼进废纸篓
把另一些
叼回我的书桌上

让我亲吻这句话：
我爱自己流泪时的双唇
因为它说过　我爱你
让我继续

女人的　肉体的　但是诗歌的：
我一面梳妆
一面感恩上苍
那些让我爱着时生出了贞操的爱情

让我继续这样的写作：

"我们是诗人——和贱民们押韵"

——茨维塔耶娃在她的时代

让我说出：

惊人的相似

啊呀——你来　你来

为这些文字压惊

压住纸页的抖

停　顿

它就要飞走了
一只假花上的蜜蜂

倾听的白纸上
我说出了这只蜜蜂的
沮丧——
　　它使春天
　　出现了一次　短暂的
　　停顿

2019 年　清明

我亲吻手中的电话：
我在浇花　你爸爸下棋去了
西北高原
八十岁的母亲声音清亮而喜悦
披肩柔软

我亲吻 1971 年的全家福
一个家族的半个世纪⋯⋯我亲吻
墙上的挂钟：
父母健康
姐妹安好

亲吻使温暖更暖
使明亮更亮
我亲吻了内心的残雪　冰碴儿　使孩子和老人
脱去笨重棉衣的暖风

向着西北的高天厚土
深鞠一躬

西樵山

三湖书院的门虚掩着
戊戌变法的摇篮曾在此晃动

飞檐傍云　康有为读什么书
梵音袅袅　红尘有什么苦

什么苦都吃

西樵山此刻风雨
我双手合十：诗人之心不变

赫塔·穆勒

它提供证据　遗言　被剥夺与被埋葬的声音
与谎言相反的细节　提供政权
所恐惧的　乱哄哄的广场的怀疑
白雪和鸽子的叹息：
不合作的神啊
不合作的天意

—— 一首诗　被翻译之后　你还好吗?

看 海

那是海鸥
翅膀点击着浪花

那是我们经常用来形容内心的——波澜
也形容壮阔的时代

在祖国的海边
我们谈论往事　一代人的命运

当我发呆　我的手再次被 1996 年的
某个下午握住
——没有当即发生的
就不会再发生

那是海底的天空
闪电在潜水

大海使太阳诞生　一跃而起　那巨大的光芒
使天空踉跄了一下
又挣扎着
站稳了

或《动物农庄》

革命

就是废弃一些标语

就是一些鞭子

被另一些鞭子抽打

在奥威尔的《动物农庄》里

就是那支高亢的野兽之歌

和那些动物们的喊:

两条腿　坏

四条腿　好

就是一只绵羊和一阵北风

被追认为烈士

但　很快

就被遗忘了

汶川·父亲

他把自己扔在大雾里
像一截烟头
有了熄灭的愿望

然而　并没有一块天空呼啸着砸下来

几只迷路的蚂蚁
爬过了他的身体

忍受不能忍受的痛苦是一种赎罪

他蜷缩着
抱紧了自己
他用天堂里七岁女儿的嗓音喊爸爸
用六岁的
五岁的
两岁零四个月的……他喊着
答应着
答应着
喊着……

一边戴上了女儿的红领巾

诗　人

你有一首伟大的诗　和被它毁掉的生活
你在发言
我在看你发言

又一个
十年

我们中间　有些人是墨水
有些人依旧像纸

春风吹着祖国的工业　农业　娱乐业
吹拂着诗歌的脸
诗人　再次获得了无用和贫穷

什么踉跄了一下
在另一个时代的眼眶　内心……

当我们握手　微笑　偶尔在山路上并肩
在伟大的春风中——
我戒了烟
你却在复吸

我正经历着一场伤痛
你的婚姻也并不比前两次幸福　稳固

伯格曼墓地

你好伯格曼

你真的很好

你 12 克重的灵魂和法罗岛的海鸥赞同

被你用黑白胶片处理过的人类的疯狂与痛苦

也赞同

与你的墓碑合影

谈论你的女人

我们知道那是怎么一回事

却无从猜测大师的晚年

将自己隐居起来的内心

和他壁炉里彻夜燃烧的波涛

我们无从猜测被波罗的海的蔚蓝一再抬升的

落日

仍在天上

你在地下

哭泣与耳语

那个带着小丑面具的妇人

她的发辫和裙子多么美——当她躬身

脸颊贴向墓碑

伯格曼　你的墓前盛开 1960 年的野草莓

首尔　早晨

这样早
一只喜鹊站在教堂的十字架上

朝日在云中
在荡漾

一只喜鹊
在十字架上
它沉默
它不开口

——我们人类真的还有什么好消息吗?

而我已立下誓言: 热爱以后的
生活　爱
索尔仁尼琴的脸

事　件

一场盛大的徒劳

——当她仰望星空　像女人那样
流泪
她知道
她需要一场精神的闪电
和狂风

一根救赎的稻草……

她需要爱
需要撒娇

汨罗江畔：独醒亭

你的魂灵会来此坐一坐？
从屈子祠的铜像里起身

绕过天井和桂花树　后人凭吊的
诗文辞赋　仿佛生死可以重逢

独醒亭
只有亡灵一次次返回　只有风

愿从 70 公里外的山路上走来叫杜甫的人
写出杜甫　血就热了　平江县小田村

他是自己坟头的荒草　断碑　那只
前世是诗人　今生依旧一身冷汗的龟趺

一条汨罗江
两个老魂灵

有时　他们同时从汨罗江起身？
江水无声　人形的伤口迅速愈合

皓月当空与天降大雪　独醒亭
你选哪一个？

屈原执手：大庇天下寒士俱欢颜？

杜甫抱紧自己散架的老骨头　无语凝噎

必定有一场大雪　需要这两个老魂灵的脚印
一场低声交谈……

一只学舌的鹦鹉告慰春秋　盛唐　舞台上的追光：
与天地兮同寿，与日月兮齐光

——这样的想象鼓舞着我键盘上的双手

然而——

这注定是一首失败的分行　山河如梦

谁又能写好这三个字：独醒亭

也无论你将闪电捆成多少狼毫

也无论你将舞台搭在天空之上

默　念

我默念着一些好词
身体动了一下
它在表达感知美好事物的能力
当我把一些词还给词典
一些锁进抽屉
这些词把我带进了幻想……和
重温的喜悦……

沿河散步

像往常一样
我们沿河散步
交谈着心事之外的话题
沉默时　倾听
河水流去的声音

有一声叹息
轻于落叶
轻于听
有一些停顿
发生在内心

并不亲切
也不厌倦
散步时肩并着肩

一些情不自禁的哼唱
流行歌曲的歌词
像往常一样
他对着河水说
这歌词不错
对着河水
我也这么说

云居山

梦不见你
就不会梦见任何人

佛光之夜
神在播种

我圆满于我的缺失……和那
被粉碎了的……

阿弥陀佛：慈悲花是什么花
阿弥陀佛：诗人是什么人

嘉陵江畔

雾起
云落
牵着一只小狗散步的女人
是欢喜的
狗的忠诚
似乎愈合了人的伤口里
永不结痂的哀怨　叹息

——如果事实并非如此
就是这首诗的愿望

江水平静
青山隐约
当她和小狗一起奔跑
腰肢柔软
双乳含烟
远近的黄昏
都慢了下来

这里……

没弄丢过我的小人书

没补过我的自行车胎

没给过我一张青春期的小纸条

没缝合过我熟得开裂的身体……这里

我对着灰蒙蒙的天空发呆　上面

什么都没有　什么都没有的天空

鹰会突然害怕起来　低下头

有时我想哭　我想念高原之上搬动着巨石般

大块云朵的天空　强烈的紫外光

烘烤着敦煌的太阳　也烘烤着辽阔的贫瘠与荒凉

我想念它的贫瘠！

我想念它的荒凉！

我又梦见了那只鹰　当我梦见它

它就低下翅膀　驮起我坠入深渊的噩梦

向上飞翔　它就驮着我颤抖的尖叫

飞在平坦的天上——当我

梦见他！

这个城市不是我的呓语　冷汗　乳腺增生

镜片上的雾也不是　它不是我渴望的：

同一条河流　一个诗人床前的

地上霜　我抬头想什么

它永远不知道！ 它渐渐发白的黎明

从未看见我将手中沉默的烟灰弹进一张说谎的

嘴——它有着麦克风的形状

我更愿意想起：一朵朵喇叭花的山岗

和怀抱小羊的卓玛　神的微笑

在继续……那一天

我醉得江山动摇　那一天的草原

心中只有牛羊

躺在它怀里

我伸出舌头舔着天上的星星：

"在愿望还可以成为现实的古代……"

黎明的视网膜上

一块又似烙铁的疤

当它开始愈合　多么痒

它反复提醒着一个现场：人生如梦

你又能和谁相拥而泣

汉娜·阿伦特将一场道德审判变成了一堂哲学课

将她自己遗忘成一把倾听的椅子

失去故乡的拐杖

人类忘记疼痛只需九秒钟

比企鹅更短

那颤抖的

已经停下

永不再来

只有遗忘的人生才能继续……这里

我栽种骆驼刺　芨芨草　栽种故乡这个词

抓起弥漫的雨雾

一把给阳关

一把被大风吹向河西走廊

而此刻　我疲倦于这漫长的

永无休止的热浪　和每天被它白白消耗掉的身体的激情

哪一只手

这只手直截了当
这只手把每一分钟都当成
最后的时刻
这只手干得干净　漂亮
——气流　风　玻璃的反光
为这只手侧身让路
并帮它稳住了一只瓷瓶

月光在窗外晃来晃去
像是在梦境里搜索
这一只手
是哪一只手？

霍 金

这个替我们仰望星空的人走了
万物都有结局
你是今天英国《卫报》讣闻中写的那个人
是百度百科上的这个人
但你是诗人向下的笔突然抬起头的停顿
最好的那一行
这一天
你让地球上的人类在同一时刻
集体问候了一次宇宙
它的回复
已无人破译

一团白

这样的时刻　谁
是一团白
挤过门缝里的黑夜
径直　向着你的方向

从欲望里飘出
又隐入欲望
一团痴迷的雾
在感动自己的路上
只有形状
没有重量

向着你的方向
比秘密更近
比天堂更远
在曲折的疼痛和轻声的呼唤之上
此时此刻
在苍茫的中央

草堂读诗

杜甫　今天我们在你家院子里读诗
今天世事变轻　时间放慢

你生前见过洋人？
现在他们都来了　身体微俯

对你——行拱手礼

你坐着听　像雨雾坐在飞檐上
我们站着诵　像月光站在月亮下

一缕炊烟从谁的嗓音里飘出
你认识它里面的五谷和朝露

我们只认识这两个字
和高大烟囱的滚滚黑烟

不是所有的法国诗人都会带来
《米拉波桥》　一阵恍惚……

突然的停顿里
有一阵空白　　翻译过来是说：

有人厌世
有人靠祈祷生活

南村群童在哪里？ 我指指你
又指指花草树木　地上的坑坑洼洼

佛主明白的
基督也明白

浣花溪畔　我顺便告诉他们：
杜甫时代的秋风已经结束了

落日仍在天上

孩子们追赶横行的小蟹
我们并未掏空所有的大海

小蟹每钻一次沙洞
海滩上就出现一朵沙菊花

我数着
数不尽

孩子们踩着浪花越跳越高　这么美
我们也不再谈论远方——

被塑料袋堵住喉咙的海龟
油污粘住翅膀无力起飞的海鸟　集体自杀的海豚

罪恶均摊
大海的苍茫来自我们内心

落日仍在天上
它投射在海上的光　像一根燃烧的蜡烛：

……要忏悔
不要忏悔录

——我用舌头舐着大海

独　白

被称之为女人
在这世上
除了写诗和担忧红颜易老
其他　草木一样
顺从

2020 年　几张照片

一饮而尽
咽下 2020 年全部的难过与悲伤

没有合适的词
神的词典里也没有

这样的时刻
鸟儿收拢翅膀　身体隐向草丛

被塑成铜像的人
不再遵循人间凋敝的规律

我收藏的一个黄昏
呼啸山庄缺少一枚落日

你的人生缺少一次相逢……你们
是姐妹　知己　曾相濡以沫

沃尔斯小镇的风
也想大哭一场

那是我准备重读的书和老花镜
每一种孤独都在寻找它的源头

哲学在星星眼里是什么东西

枣树还是溪流　或窑洞宾馆

我认真注视过的一张脸
我至今用他的逻辑学治疗失眠多梦

渐渐有了鼾声
婴儿的睡姿

那是酒字的全部写法
我们从中获得了真言的力量？

捉雪花的孩子在笑　跌倒了
爬起来继续笑——世界依然美好

饮酒啊饮酒
以孔雀饮水的姿态饮酒

明月在杯中
李白在天上

新　疆

从看见
到继续看见……

从抚摸到抚摸……到
听……

——辽阔的新疆　为什么我至今还没有写下你的诗篇?

一本可能的书

我们谈到了森林和溪水

一间可能的木屋

它的常青藤　三叶草　迷路的狐狸

和它眼里的露水

你和我

爱上爱情的同时

也爱上了它的阴影　冷颤　危险

它的二十首情诗和一支绝望的歌

雨水　薄雾　蝴蝶与花香

红嘴雀的情歌

唱来了更小更缓慢的动物

脱离了肉体的翅膀它的飞翔是可能的

你和我

——本可能的书

它的歧义　荒诞　在时间的书桌上重新获得了意义

第六病区

有人玩着空气
有人正把自己的影子按进一堵墙
呼救声捂在手心里

有人用昼夜做成剪子是因为
那个叫想法的东西
就隐藏在空气里
一直剪下去
它们就不会链接成一条绳索

如果她将乱发束起
头顶正盘旋着一只海鸥
就是马克斯·克林洛油画中站在礁石上的女人

打完这些药水
我能变成一条鱼吗?

——她替我们疯着

2008 年 11 月 19 日

我假装是快乐的
礼花已经点燃
祝福就要开始
我假装已经遗忘了左边的背叛
右边的伤害
中间弥漫的谎言
当月亮像太阳一样升起
或者像寒霜一层一层落地
我甚至假装爱上了虚无的人生　和它
镶着金边的
辉煌阴影：
"我永远爱你……"

我假装喜欢这张脸——当我决定：
迅速生活

再写闪电

我要写那些等待闪电照亮的人

那些在闪电中奔跑着　用方言呼喊的人——

喊向干渴的麦苗

荒芜的山坡

也喊向自家的水窖

脸盆

茶缸

孩子们灰土的小脸　小手

——湿漉漉的闪电　在甘肃省定西县以北

你预示着的每一滴雨

都是有用的

每一滴

都是一个悲悯这片土地的神

动　摇

一树动摇的桃花使几只蜜蜂陷入了困境
它们嗡嗡着
嗡　　嗡着

风不停

它们嗡嗡着
在春天的正午
在一个歇晌女人曲折隐秘的心思里
嗡嗡着

风不停　　从新疆吹来的风　　不停

回　避

山上　有春天　有我们席地而坐的理由
我们坐着
尽量谈向远方

阳光温暖的时候
松鼠完成了一次晴朗的跳跃
你打了一个盹
呼吸平稳　均匀　不像有什么心事
也不像漫长的婚姻已经出现了问题

抽烟
喝茶
我们谈天说地

迎春花继续开着
开在我们中间　左右
它们都在替一只可能的蜜蜂
喜欢着自己

而我们　也因为暂时的回避
喜欢着眼前
这个上午

覆 盖

一场雪　覆盖了许多
另一些
还露着

一个忧伤的肉体背过脸去

从天堂出发的雪花　并不知道
它们覆盖了什么
不知道
神　怎么说
人的历史
怎么说

宽恕一切的太阳
在积雪的瓦楞上
滴下了它冰冷的
眼泪

玉苍山

在玉苍山
我有过一声惊呼：我的影子

大雾弥漫的重庆
我已经很久没见过自己的影子了
而在我生长的西北高原
这是多么平常的事

万物有其影
我有失而复得的喜悦

我是一个有影子的人
——在碗窑古村落的戏台上
我走着碎步
甩起撩袖
用戏曲的唱腔继续念白：

在西隐禅寺　它又回到了我的身体里

花朵的悲伤减轻了果实的重量

是花朵的悲伤减轻了果实的重量
她的叹息
使我们停顿

她的美
正路过我们
和街边的塑料植物

哦　她的美
比一次日出
更能带给我们视觉的黎明

如果我们刚才
还在和这个世界争吵
现在　要停下

要倾听
她最轻的叹息
比一颗呼啸的子弹
更能带给我们牺牲的渴望

她的美——

星期天

——致诗人 GM

你写诗

仿佛住我隔壁

天地都在梦中

黎明在路上

我听见你选择词语的声音

或掸去蒙尘

语言你越尊重它　它越有能力抵达

或者：一首诗的歧义会使它多次诞生

嘴唇对准麦克风时你是国家机器的一个微小零件

可以忽略不计

但第七日你是诗人：

身上有一个证人

阳台上的摇椅

此刻它摇着空
那并未开始的另一种人生……

它摇过生于 1953 与 1993 的不同但
同样是短暂的欢悦和长久的空虚

这些叫声婉转或尖厉的鸟儿
无论叫什么名字　天空都叫它：翅膀

它摇着仅仅用来眺望　而非陷入回忆的阳台

花盆里的麦苗　将自己栽种到辽阔田野的愿望

从喧嚣世界退回的一颗心：
……那一夜的泪水洗净了我一生的脸

它摇过我用舒服的姿态读过的书
删除的人　这一年或那一年

只读不写的理由　哦　线装书里的山河
什么才是：从没有谁像这个人那样是那么多人

它摇着蓝了一会儿的天空取悦时代的决心
一个阿尔茨海默病患者回首往事的企图

从西藏回来的朋友

从西藏回来的朋友
都谈到了那里的蓝天和雪

谈到灵魂的事
仿佛一卷经书就足够了

大大小小的寺
仿佛一盏酥油灯就足够了

大喇嘛　小喇嘛　白白的牙
仿佛一碗圣水就足够了

牛的神
羊的神
藏红花的神
鹰的身体替它们飞翔

—— 一句阿嘛呢叭咪哞
就足够了

墓园的雪

凹陷和突兀的雪
偶尔的风

雪很美
无人打扰的雪
松鼠和鸟儿无人打扰的睡眠
很美

有人躺在雪的深处
沉思默想

雪压住墓园
正确和错误　在这里
显出同样的寂寞
雪　显出本身的白

浮 动

她不是人间烟火的　是昆曲
和丝绸的

是良辰美景奈何天的　当她发呆
一个人看雨
在花店里绣白玉兰
绣：上善若水
她的美　上浮百分之二十

江南
旧木窗的黄昏

湿漉漉的　她哼唱　恍若叹息：
我把烟花给了你
把节日给了他

但以后不会
她的美　又上浮百分之二十

我梦见了金斯伯格

我梦见了金斯伯格
他向我讲述垮掉的生活
缓慢　宁静　越来越轻

时间让生命干枯
让嚎叫变哑
金斯伯格没有了弹性

格林威治正是早晨
白雪和鸽子
飞上了教堂

我梦见
我们是两本书
在时间的书架上
隔着那么多的书
他最后的声音译成中文是说：
别跟你的身体作对

干了什么

她在洗手
她一直在洗手
她一直不停地在洗手
她把手都洗出血来了
她干了什么
到底……干了什么?

在欲望对肉体的敬意里

这样的鼾声和夜晚多么亲近
我看着你——
时间磨损着爱情
也把它擦亮

这些桌子　椅子　这张陌生
而洁净的床
都在这样的鼾声中踏实睡去

这么多年过去　我还爱着
这爱情提升着我
像秋天的落叶　又在春天
重返枝头

这么多年　你在我的诗歌里隐身
在我命运的侧面
在欲望对肉体的敬意里

我看着这一切——
月光在流动
黑夜在行走
我正在你身边
因为幸福
身体有了今天的姿态

浅水洼

除了他们　还有我

享受着朴素的命运带来的

一心一意

如果这时雨停了

瓦楞上还滴着几滴

他们就会独自走出来

修伞人

磨刀人

扎花人

——一些简单的人

幸福　来自每一下

所用的力

雨点很大

落得很重

流水载着落花

如果雨停了

我们一起绕过一个浅水洼

它一望便知

我的心

离他们

有多近

斯古拉

斯古拉落雪了吗

落了

小小的沙棘果就熟了

孩子们唱：让马儿闪闪发光的树……

跳下云朵

努力返回故乡的长尾鸟

在童年的溪水中看见自己了吗

看见

它就老了

斯古拉

每一个生灵都有来世

每一条溪水都来自前生

当我们靠近

用胳膊遮住笑容的吉姆奶奶

她的四颗门牙都补上了吗

补上

草原的笑容就露出来了

寂静啊

你有没有来世变成一片云朵一座雪峰的愿望

有

你的眼泪就下来了

2006　新年

我正在拥抱你
你说的另一个我
也在拥抱着你
亲爱的
此时
此刻
我　和另一个我
在一起——
在新年的钟声和焰火里
一起拥抱着你

小教堂

孤零零的小教堂
没有上帝的小教堂
已经没有人知道来历的小教堂
羊粪蛋和狗尾巴草
一朵蒲公英
在弯腰祈祷：
风啊
让我等到籽实饱满吧
让我还有明年……

然而　可是

一片空白

一个失眠的大脑

渴望成为塑像的愿望使他血脉偾张

浑身发烫

关了灯

他制造黑暗

拆开苦难的 18 个笔画

捆在身上

插在头上

蒙在脸上

以即将倒下但可以呼救的姿态倾斜着自己

接下来是真理

然而

真理过于抽象

且不实用

他拎出其中的王

玩了玩

霸王别姬

又装上

这一切似乎远远不够……可是

站成一首危险的诗——他命令
墙上的影子

啪——

然而　并没有谁的肉体因此成为黎明前的青铜之躯
是两个拾荒的老人早早出门了

知识分子

餐桌上

他们一直在谈论一则晚报新闻

空气中升腾着各种失望

他们叹息医疗

忧虑教育

和人心

话越说越多

失望变成了绝望

教授说这句话的时候

也是讲台上的语气：吃饭

说得像下课一样

树

小女孩在沙坡上写下：树
在每个笔画上哈一口热气
风沙每天抽打她的九个笔画
风沙每天把她的九个笔画抹去

每天写
小女孩每天看见笔下生长的绿

青　海

大风过后
天　空荡
青海　留出了一片佛的净地

——塔尔寺在风中　酥油花开了
花非花
第一朵叫什么
最后一朵是佛光

这尘世之外的黄昏
——菩提树的可能　舍利子　羊皮书的预言
以及仓央嘉措的情歌

这冥冥中的：因……果……

夕光中
那只突然远去的鹰放弃了谁的忧伤
人的　还是神的

妇女节

会议室里会有什么声音

妇女的节日
妇女们聚在了一起
妇女们独自笑着
又相互笑着

情人节刚刚过去
挥发香水的最佳温度就要到来

越来越模糊——妇女们的笑
使阳光乏力
阵雨飘忽
一幅幅标语摇曳不已

收割后的向日葵
就是竖在大地上的一根根长杆子
就是会议室里的一幅画

有一刻
雨停了
妇女们在鼓掌

判　决

一场被叙述的苦难里不能没有眼泪
像童话不能没有雪

我同情左边的人
我同情右边的人

当月光潜入草丛
我同情一个判决里两个相反的伤口

判决捍卫真理？
另一个真理——

母亲爱她的好孩子
也爱她的病孩子

甚至更爱她的病孩子

哥特兰岛

她没想什么

哥特兰岛的海滩上　她享受着美
和宁静对生命的尊重

与抚慰……

和思想里的微风
相互致意

并和那些对知识分子持不信任态度的海鸥交换了叫声

大雾弥漫

我又开始写诗　但我不知道
为什么

你好：大雾
世界已经消失　你的痛苦有了弥漫的形状

请进　请参与我突如其来的写作
请见证：灵感和高潮一样不能持久

接下来是技艺　而如今
你的人生因谁的离去少了一个重要的词

你挑选剩下的：厨房的炉火
晾衣架上的风　被修改了时间的挂钟

上个世纪的手写体：……

人间被迫熄灭的
天堂的烟灰缸旁可以继续？　我做梦

它有着人类子宫温暖的形状
将不辞而别的死再次孕育成生

教堂已经露出了它的尖顶
死亡使所有的痛苦都飞离了他的肉体

所有的……深怀尊严

他默然前行

一只被隐喻的蜘蛛

默默织着它的网　它在修补一场过去的大风

甘南草原

不要随手取走玛尼堆上的石头
或者用相机对准那个为神像点灯的人

不要随便议论天葬

不要惊醒一只梦见仓央嘉措的鹰
但你可以在暮色中
哼唱他凄美的情歌

不要试图靠近：
一条朝圣路上的鱼
一只低头吃草的羊
昏暗中苦修的僧人
和他裸露着的半个肩膀

更不要轻易去打扰那个叫阿信的诗人

哀悼

——给诗人昌耀

他闭上了眼睛
不像是生命的结束
更像是对生命的一次道歉

——低于草木的姿态
使草木忧伤

巢穴收回它所有的鸟儿
那俯冲而来
又弥漫开去的苍茫
为一个低垂的头颅
留下了哀悼的位置

空麦秆里的秋天

时间　在我热爱的事物上降临
秋天抖动了一下
第一颗果实落下来

我的幸福渗出水来
有多少过去
留下现在

现在慢慢消失
这些树
一天比一天高

我已经挥霍不动你的收成了：秋天
让我在一根空麦秆里
握紧你的孤独

从报社出来

我路过那些发呆的人
发愁的人

我路过医院——神经专科　它紧挨着教堂
教堂的门已经关了
上帝还在？

就是这个酒吧
有我喜欢的歌手——我想抱抱他
他从前叫相濡以沫
现在叫相忘于江湖

——我路过了自己的一首诗

我眼前的广场　到了夜晚　多么空虚
那个上世纪被雕塑的人
咳得更猛烈了
他长衫上的钮扣　咳掉了一个
又补了三个……

是谁　让一只飞鸟穿越时空的风霜
落在了我面前
迈着它可爱的小步子

静静地陪我走了一小段

——是我路过的这一切
还是呼啸而来的生活
让路灯下两个颤抖的影子　拥抱得更有力　更紧

短　信

我刚刚出浴

挂着水珠

冒着热气

呵呵　你一定想象了一下我浴衣的颜色

湿漉漉的身体

想象了一下亲爱的事物

这样近

又这样远

我说：来吧安眠药

和我一起把时间睡掉

我说：明月光你去照白杨树吧

别照我的卧室我的床

——一封短信　那张做母亲的脸　很有魅力

去马尔康　途经汶川

在马路边
坐下

……剧烈晃动的
在泪水中又晃了一次

爱我们的地球　它还保管着灵魂

上苍赞同
落下细雨

提着篮子卖水果的妇女
站过来：都是自家院子里的

苹果　李子　葡萄　小枣
——她重新栽种的生活！

她不老
头发全白了

会在哪一刻突然哀泣……

你篮子里的阳光多少钱一斤？
她笑　继续问

她继续笑
笑声里有一座果园的欢喜

晚　年

他说着

他一直说着

显出澎湃的激情

和久违的快感　夜深了

空无一人的会议室里

他对漆黑说着

对空荡

对生命的晚年……那些曾经的掌声

并不传来回声

只有猛烈的咳嗽被麦克风传向浩瀚的夜空

他捧着心说着

直到天空渐渐发亮

他并没有对一只突然进来的猫说：

你好

请坐

他哽咽：我这一生几乎都是在开会中度过的

铜　镜

我喜欢它

它就来到了我的书房

和卡尔·马克思的《资本论》挨在了一起

它是大唐的还是晚清的又有什么关系

当日光退去

夜幕降临

《资本论》思乡般把自己还原成德文

它就把自己颤抖成一个音符

踩着我的黑白琴键

和空气中的氧

回到了从前

王和后中间

妃子和桃花的左右

用青铜的声音

对从前的月亮和江山说：他们用诗歌

说谎

龙门石窟

世事变

佛的目光不变

须弥台上

石佛还是一千三百年前的眼神

把一缕竹林清风望成

布衣长衫

就有了顺着伊河漂回古代的愿望

唯有河流通往古代

清朝只需道听途说

我也嫁给了汉人

历经十八帝的宋朝

骤雨初歇

每一只寒蝉都叫着柳永

满地黄花都是李清照

在唐朝

我要多停些时日

唐朝好啊

唐朝的女人都胖了

在马嵬驿　我

朝思：天长地久

暮想：有尽时
哭的像个泪人
起身时
甩着衣袖上的今生
用戏曲的唱腔念道：
这诗……就……停在这儿了

日　记

去了孤儿院

月亮是中秋的

月饼是今年的

诗是李白的

孩子们的小衣服是鲜艳的

小手在欢迎

院长的笑容谦虚

办公室的奖杯是镀金的

君子兰是开花的

标语是最新的

孤儿院的歌声如此嘹亮

我的心却无比凄凉

回到家　　我认真地叫了一声：妈

拉卜楞寺

我的围巾被风吹进寺院的时候

那个与我擦间而过　呼呼冒着热气的喇嘛

呼呼地　下山干什么呢

街上的藏人少了　集市散了

格桑花顺着大夏河的流水走远了

相面人把手伸进我钱包的时候

那个瞎眼打坐的老阿妈是用什么看见的呢

接着　她又看见

天堂寺以西

她的小卓玛已经上学了

牧区的春风温暖

教室明亮

鹰　在黑板上飞得很高

今生啊——

来世——

风在风中轮回

凡事宽容　凡事相信　凡事忍耐

——我以为这对我眼下的生活有用

但我并没快乐起来

——我没说啊　佛是怎么知道的呢

时间的左边

是劳动的间歇
或一年中的好时光就要过去
画布上的女人们
在时间的左边
晾晒着酒枣香气的身体

这样的香气里
有没有游丝般隐秘的哀愁

在微醉的群山和哗哗的流水之间
在往昔与未来的风口
因劳动和幸福而得到锻炼的双乳——它的美
一点也不显得奢侈
和浪费

呵　好时光
一轮好太阳
在它就要消失的时候
竟怀着对女人和流水的歉疚

快　乐

如果一棵树突然开口
它会说：
诗人的快乐
在纸上——

一首诗
我爱它伸向盲人的那只胳臂
牵引他们抚摸的手
矮下身来
让一群盲孩子和书包里的黎明
依靠着的左肩
偶尔的粗话
声音里的泥点

东郊巷

像这条街厌倦了它的肮脏　贫穷　和冷
弹棉花的厌倦了棉花堆
钉鞋人厌倦了鞋
他们允许自己
停下来一小会儿
幻想一下更广阔的生活——更广阔的
可能……

——比一小会儿更短
那更广阔的
就退缩到眼前
——生存的锥尖上

并允许它再次扎破一双淤血和冻疮的手

死亡也不能使痛苦飞离肉体

我看见了墓碑上的一句话——
"我还欠自己一个称谓：母亲"

死亡也不能使痛苦飞离肉体？

公墓区的月亮
撒下安眠药的白
所有的黑　都泛着青

——"我还欠自己一个称谓：母亲"

我仰望星空
像女人那样仰望星空
像女人那样流泪
——不　是她　在我的眼泪中
流泪

——死亡也不能使痛苦飞离肉体

世界诗歌日

一首好诗有诸多因素

有时　仅源于诗人穿了一件宽松的外套

和一块香樟木片

认　亲

日出天山
新疆辽阔

欢乐的歌舞　美酒　葡萄干之后
无人和她相认

望着窗外的风雪　老人哼起忧伤的歌
像失去了一个真正的亲人

"感谢晚点的飞机……我认领的
维吾尔族亲戚是一位年迈的女性入殓师"

——在遥远的麦盖提
诗人沈苇继续写道：

她不与人握手
不对谁说再见

照片上　她的披肩是秋天的果园
她在笑　人类的笑容不需要翻译

在遥远的麦盖提
老人并不明白维汉两族认亲的时代意义

只知道活在世上　多一个亲人的好

涌泉寺祈求

让孩子们呼吸无毒的空气
喝干净水

神啊　让世人掏出自己的心肠
洗一洗

让后面的人吃从前的食物
用从前的月光
从前的秤砣
睡得踏实些吧

你允许世界辽阔　举目无亲
你不允许诗人和麦粒也已万念俱灰

阿木去乎的秋天

——致某画家

我放弃了有圣经的静物　和它可能成为的
另外的东西

我放弃了多

我留下了阿木去乎的秋天
阿木去乎
所有的荒凉
都在它的荒凉里消失了

小和尚

不挑水
也不过河　眯着眼

笑

三亩春风
两道闪电
一个意念：把自己笑到一朵桃花上

然后呢
这是谁的问题　蜜蜂
还是蝴蝶

还是弗洛伊德?

然后
继续笑

晚晴室

弘一在此圆寂

悲欣交集时　悲多一点
还是欣的墨浓一点：我这次走后

今生不能再来了……生锈的
铁窗外　是一个新世界

每个向里看去的人
都看见里面的一个自己

无边与有限
哪个启示肉体　哪个抚慰灵魂

光影迷离　秋风将落叶堆在一起

我揪下一根卷曲的白发
枯井　老树　踢皮球的小男孩

哪一个是你——昔日舞台上
茶花女的扮演者　一念放下

万般从容……夕阳之后
去无尘台　你的舍利子在那里

人生的许多时间并不属于自己
弘一　我这一天属于你

阿姆斯特丹之夜

倾斜或者摇摆
裹胸或者吊带
或者赤裸
玻璃房里的女人是粉红的　职业的　肉体的贸易
是合法的——阿姆斯特丹

教堂的钟声和圣诞树
暧昧的英语和花街
粉红的女人——
我惊叹于其中三个或五个的美

哦　上帝在西方
我的问题是东方的

风从风车中来
吹过广场　塑像　吹着黑鸽子晚祷的翅膀
吹着我们交头接耳的汉语

阿姆斯特丹之夜
我梦见了安徒生童话里的雪
我没梦见我的爱人
和我的祖国

落　实

有些词语必须落实在某些人的头上　命运里
与他彻底遭遇
这些词才能得以实现
才不会被人类渐渐遗忘
而源远流长……

聊天室

一个资产拥有者在抽烟　喝茶　玩打火机

咳嗽时　摸一下给市场经济

下过跪的双膝

他再一次强调：拒绝任何形式的回忆

我们的评论家　在批判一只鸟：

从民间的树权向政府大楼的飞行中

这只鸟彻底完成了立场的转换

它的叫声

是可疑的

必须警惕

我喜欢的诗人　他们叫她

女诗人：

我被告之朗诵

就是说　我必须公开发表一次

我的脸蛋　三围　我新衣服里的旧身体

一个农药时代的菜农　正在努力表达

喜欢你以后……

他陷入了语言的沼泽地

每一次用力

都意味着更深的绝望

正是这个菜农
最后对互联网说：
再新鲜的语言也抵不过一把具体的菠菜

他的鹅毛笔一直在晃　是写童话的安徒生：
大雪已经落下
奇迹并没出现
卖火柴的小女孩全白了
在新年的钟声敲响之前
我必须让她哭泣的舌头　舔在我文字的
奶油蛋糕上

儿　歌

坡

上的时候是坡

下的时候是坡

——孩子在唱一首儿歌

谁的声音

像墙角堆积的冷风：坡……

牵着时间的手

孩子们在唱一首新学的儿歌

同样的歌词

他唱着别的什么

他们独自唱着

在各自的世界里

又相互模仿着

在傍晚的飞雪中

乡 村

老鹰捉小鸡的田野

稻草人眼里有一群麻雀

阳光里有雨

那个旧布衫的女人

她的身体里有一只做梦的花瓢虫

尖麦芒的声音里有血

炊烟里

有一支疲惫的歌

背画夹的女孩

独自站着：向日葵的影子里有一个凡·高

丝绸之路上的春天

先是黄沙和黑风

使天空变低

然后是单薄的绿叶纷纷脱落

细细看

每棵青草

都闪过一次腰

这里的人们也在春天谈情

说爱

交出爱的方言

和成熟的身体

交出做人的欢乐

在丝绸之路的丝绸上写下： 春天

牵着风筝

我们的孩子

踮起脚

就能摸到低飞的麻雀和燕儿

干裂的唇

干裂着小嘴

孩子们用橡皮

在作文本上擦去

黄沙

黑风

西北风就酒

西北风就酒
没有迷途的羔羊前来问路

我们谈论一条河的宽阔清澈之于整个山河的意义
彼岸之于心灵

中年之后
我们克制着对人生长吁短叹的恶习

不再朝别人手指的方向望去
摆放神像的位置当然可以摆放日出

你鼓掌
仅仅为了健身

真理与谬误是一场无穷无尽的诉讼
而你只有一生

自斟自饮　偶尔也自言自语
时代在加速　我们不急

远处的灯火有了公义的姿态却缺乏慈悲之心
我们也没有了一醉方休的豪情

浮生聚散云相似

唯有天知道

每次我赞美旅途的青山绿水
我都在想念西北高原辽阔的荒凉

村　庄

她在门槛上打着盹
手里的青菜也睡着了

正在彼此梦见

孤独是她小腿上的泥
袜子上的破洞
是她胸前缺失的纽扣
花白头发上高高低低的风
孤独　是她歪向大雾的身体和寂静的黄昏构成的
令生命忧伤的角度

——只有老人和孩子的村庄是悲凉的

诗歌问候哲学

——给 LY

诗人进京了
去看一双康德穿过的皮鞋
北京　给诗人一个好天气吧

像德国　给哲学家一条栽种着菩提树的小道

地球已经衰老
但这两样东西还在：
我们头顶的星空和心中的道德律

不可知论者
与美好和崇高感情的观察者也在

人们依然不会向上跌一跤

一生没有离开过出生地 40 公里范围的康德
他的鞋
来到了二十一世纪的中国

像诗歌问候哲学
诗人问候着康德

老康德　你要努力把其中的一只鞋
向上抬一抬

如果这一只

是我们人类日渐低落的道德准则

就再抬一抬吧

谎　言

小鸟死了

死于雨夹雪
天上掉下一颗小星星
死于漫长的黑
另一只鸟对它的思念
——谎言近乎完美

餐桌上
我们交换着各自的谎言
被一个六岁孩子确信的目光

晨光中
他照例为小鸟捧去一碗清水
空荡荡的鸟笼前
他的小胳膊抖了一下
眼泪流了出来：
小鸟飞走了

天上人间
六岁的声音多么美好：
小鸟又飞回树林了……

手　语

两个哑孩子
在交谈　在正午的山坡上

多么美　太阳下他们已经开始发育的脸
空气中舞蹈的：手
缠绕在指间的阳光　风　山涧溪水的回声
突然的
停顿
和
跳动
多么美

——如果　没有脸上一直流淌着的泪水……

孤儿院

我眼前的标语
气球里的节日

那些攀着梯子刷标语的哑孩子
继续刷着
为孤儿院的明天
他们的哑
越攀越高

摸到了天空的空
雷声替闪电看见一张脸——孤儿的脸

—— 一张全世界孤儿的脸
这世上　没有什么是相同的
只有孤儿的脸

时间的叙事

她好像有事　要和路人商量
她挡住他们的去路
拽着他们的胳膊　衣袖

又像有什么秘密　必须告知
后来者
她贴近了他们的耳朵
又慌忙捂紧了自己的嘴
来来回回

她扔出过土块　树枝　手里的空气
找过他们
——亡灵还是肉体？
又扔出围巾　纽扣　一个疯子的喊

广场上　这个女人像一片哀伤的羽毛
抖动着自己

什么使她突然安静下来——仿佛
在自身之外　她的静
很空

她踮起了脚尖——芭蕾般站着

脖子和脸

一再侧向虚无

仿佛世界是一潭冰冷的湖水

而她　是一只冻僵于 1966 年的天鹅

幸福不过如此

你什么都知道
我什么都不说

在你的左边
风踩着又一年的落叶
有一种脚步　与别的
不同

我喜欢这一切
就像喜欢你突然转过身来
为我抚好风中的一缕乱发

——幸福不过如此

白　露

香水加酒精味的我
——久违了

一只狗像一个人
看着我

穿小西装
系领带
它的伙伴蓬蓬裙
蝴蝶结

它们享受着小径蜿蜒至此的幽静
草丛晃动的月光

看家护院是它们的祖先
它们是宠物

我也像看一个人
看着它
它们

还有影子
我也并非孤单一人

当有人说起我的名字

当有人说起我的名字
我希望他们想到的是我持续而缓慢的写作
某一首诗
或某一些诗

而不是我的婚史　论战　我采取的立场
喊过什么
骂过谁

北宋官瓷

我想起一个诗人
一个把瓷写得最好的诗人

我试图再一次理解——品质与技艺

瓷的完美使我们残缺
一首伟大而神性的诗同样使我们显得更加平庸

确　认

那是月光
那是草丛
那是我的身体　我喜欢它和自然在一起

鸟儿在山谷交换着歌声
我们交换了手心里的野草莓

那是湿漉漉的狗尾巴草
和它一抖一抖的　小绒毛

童年的火柴盒
等来了童年的萤火虫

哦那就是风　它来了
树上的叶子你挨挨我　我碰碰你
只要还有树
鸟儿就有家

那是大雾中的你
你中有我？

那是我们复杂的人类相互确认时的惊恐和迟疑
漫长的叹息……就是生活

生活是很多东西

而此刻　生活是一只惊魂未定的蜘蛛

慌不择路

它对爱说了谎?

上坡　下坡

干旱的土地

低矮的麦苗

荒芜的上坡　下坡

在弥漫的沙尘中靠着墙根的老人

一只手指给我们乡政府

一只手慌忙捂住衣服上破洞的妇女

她身后患病的

歪歪斜斜的傻孩子

——为什么我们的诗总是怯于揭示这片土地的苦难？

对 饮

从黄昏一直到凌晨

那是一支什么曲子？

我们慢慢喝着

你豪迈时

我也痛快

用火柴点烟

风就吹得猛烈

也吹来黄葛树的花香

从黄昏到凌晨

都说了什么

我还哭了一会

还跳了舞

拍打空气

如手鼓

裙子旋出荷花

与此刻融为一体

又准备为下一刻脱出

鼓掌时

你一饮而尽

一支什么曲子

像我们做了　却没做好的一件事

天上星星一颗两颗千万颗

一只蜘蛛来了

我拱拱手：来了

你是谁

我应该知道

但我喝多了酒

有些迷糊……

那是一支什么曲子啊

像一个人经过另一个人的一生

并未带来爱情……

祈 祷

在无限的宇宙中

在灯下

当有人写下：在我生活的这个时代……

哦　上帝

请打开你的字典

赐给他微笑的词　幸运的词

请赐给一个诗人

被他的国家热爱的词

——这多么重要！

甚至羚羊　麋鹿　棕熊

甚至松鼠　乌鸦　蚂蚁

甚至——

请赐给爱情快感这个词

给孩子们：天堂

也给逝者

当他开始回忆

或思想：

在无限的宇宙中——在我生活的这个时代……

噢上帝　请赐给他感谢他的祖国

和您的词

动　词

这些活下来的
就在于比事物本身更美好
这些动词
付着露出破绽的代价　努力
抵达
像风中的花朵
努力镇定
让蜜蜂站稳
让生活的嘴唇重新甜蜜起来

—— 一首诗有多重？

遗址·仓央嘉措修行之地

他是一个例外

右墙已经坍塌　左墙在
雪是薄的

时间永远平静
我的心思陡峭　汹涌　需要一个出口

我匍匐
嘴唇翕动
落日和群山随我一起俯下身来

云朵飘出的寺
在天空停留了很久　另一个时空：

明天的一场大雪
白了布达拉宫的头　他是一个例外

唱吧……

在新疆　有太阳的地方
就有十二木卡姆　就有眼泪变成大地的葡萄

　　　唱吧

在新疆　有篝火的夜晚
就有生之美好　就有身体的闪电啪啪作响

　　　唱吧：两只小山羊爬山的呐
　　　　　　两个小姑娘招手着呐

在新疆　有你的地方
就有诗人　就有天真拥抱着天真

　　　唱吧：我想过去呀心跳的呐
　　　　　　我不过去吧心想的呐

在新疆　鹰荡着秋千的地方
就是暮色中被雨淋湿的喀拉峻草原

　　　唱吧：我想留下呀狗咬的呐
　　　　　　我不留下吧我心痒的呐

在新疆　有村庄和墓地
就有人相信爱情　写出这两个字我的心就软了

　　　唱吧：在那遥远的地方……

你在敦煌

你在敦煌

震撼过我的金色荒凉

在你脸上流淌

一条被沙砾打出窟窿的裙子　夜晚

你旋转

整个星空在你身上

在古阳关遗址

多坐一会

掏出我送你的牛皮酒袋

猛灌几口

扯开嗓子

吼一曲阳关三叠　热血生黑发

生海市蜃楼

一定有这样的时刻：

你想念谁

云朵就飘出他的模样

敦煌风大

万念变轻

把自己当一粒沙

在大风中

慢慢靠近莫高窟

见了反弹琵琶的飞天

替我鞠一躬

秋　天

一阵猛烈的风
秋天抖动了一下
那么多石榴落下来
寂静在山岗的哑孩子　　奔跑着
欢乐的衣衫鼓荡着风　他又看见树下的另一些

这是我多么愿意写下去的一首诗——

秋天的大地上：那么多猛烈的风　幸福的事　奔跑的孩子
红石榴

博　鳌

博鳌是私人游艇的
也是百姓渔船的

但归根结底是百姓渔船的
无产阶级是社会的主体

用一只胳膊拥抱我们的友人
用意念解开他胸前的纽扣:

"我脱下的不是一件外衣
是我失去的那只手臂撕下我的皮"

大海风平浪静　辽阔的海面上
晃动着一个叫私人游艇的火柴盒

他把方向盘交给这个时代的波澜
时而交给大海的惯性

更多的火柴盒　成功者　浮出水面的精英
毛发一律向后飞扬:

"我的谎言是纯净的
不掺和一丝真相"

精英意味着一个时代的方向

谁是后天的被告?

我习惯百度的右手像鼠标点击着空气
美好时代是由什么构成的?

我的海上问题将在岸上结束
在友人花园的宽大摇椅里消失

人类对自己的审判　以及达利笔下
那块软体表　都有着滑稽相

大　醉

荔枝树下

大醉

你自诩贵妃

去了一趟唐朝

那些荔枝树偷偷去了马嵬坡

一夜悲情

果实落尽

重又把自己种进泥土

李白像前

很好　用泥土为诗人塑像
比用金子更好

风向西
他的胡须向东

五花马　千金裘　呼儿将出换美酒……
那个叫李白也叫杜甫的唐朝

喜鹊站在飞檐上
就像月亮站在太阳下

墓地与遗址
存在与虚无
人或者神

——这台阶之上的黄昏
有人开始思想：在我做诗人的这个时代……

十九楼

一根丝瓜藤从邻居的阳台向她午后的空虚伸来
它已经攀过铁条间的隔离带
抓紧了可靠的墙壁
二十一世纪　植物们依然保持着大自然赋予的美妙热情
而人心板结
荒漠化
厌世者也厌倦了自己
和生活教会她的
十九楼
她俯身接住一根丝瓜藤带来的雨珠和黄昏时
有些哽咽：
你反对的
就是我反对的

眺　望

风云从苍白转向暗红
在窗前迂回

炉火熄灭了
一堆冷却的铁
和背过脸的裸体
仍维持着烘烤的姿态
倚窗眺望的女人
她的紫色乳房
高过诱惑
装满遗忘

她看见了时间也不能看见的

云

这一天的云
似一张巨大的网

愿它漏掉小鱼
大鱼最终将它咬破
愿浩荡的鱼群顷刻长出翅膀

愿它打捞出　沉沦者的精神日出

飞雪下的教堂

在我的办公桌前　抬起头
就能看见教堂
最古老的肃穆

我整天坐在这张办公桌前
教人们娱乐　玩
告诉他们在哪儿
能玩得更昂贵
更刺激
更二十一世纪
偶尔　也为大多数人
用极小的版面　顺便说一下
旧东西的新玩法

有时候　我会主动抬起头
看一看飞雪下的教堂
它高耸的尖顶
并不传递来自天堂的许多消息
只传达顶尖上的　一点

酒吧之歌

我静静地坐着　来的人
静静地
坐着

抽烟
品茶
偶尔　望望窗外
望一望我们置身其中的生活

——我们都没有把它过好!

她是她弹断的那根琴弦
我是自己诗歌里不能发表的一句话

两个女人　静静地　坐着

夜晚的请柬

吹进书房的风　偶尔的

鸟鸣　一种花朵

果实般的香气

晾衣架上优雅而内敛的私人生活

和它午后的水滴

对爬上楼梯的波浪的想象……

下一首诗的可能

或者钢琴上的巴赫

勃拉姆斯　她习惯了向右倾斜

偶尔在黑键上打滑的小手指

米兰昆德拉的　轻

夜晚的请柬上：世界美如斯

喜　悦

这古老的火焰多么值得信赖
这些有根带泥的土豆　白菜
这馒头上的热气
萝卜上的霜

在它们中间　我不再是自己的
陌生人　生活也不在别处

我体验着佛经上说的：喜悦

围裙上的向日葵爱情般扭转着我的身体：
老太阳　你好吗

像农耕时代一样好？
一缕炊烟的伤感涌出了谁的眼眶

老太阳　我不爱一个猛烈加速的时代
这些与世界接轨的房间……

朝露与汗水与呼啸山风的回声——我爱
一间农耕气息的厨房　和它
黄昏时的空酒瓶

小板凳上的我

落笔洞

巨笔悬空

一万年——笔尖滴水不断

宇宙有大秘密
知天命之年　我有破译这一滴液体语言的愿望

蝉鸣说：神在天上著天经仙典　犹豫处　笔落人间
哦　神也犹豫

心中一暖

滴入百会穴的一滴　冰凉　如针刺
它想试试——

唯肉体深不可测

为一个诗人写一首诗

今天　要在门上挂一束艾草和菖蒲
要吃一个粽子

要为一个诗人
写一首诗
每一行都涌向汨罗江

什么是最高奖励——对于一个诗人
岁月更替
逝者如斯
而诗
还在

被传颂
被吟唱
舞台搭在天空之上
却涌动着大地的草木之香——那百感交集的当下
与日月同在
共生

如果此刻
你和屈原的目光相对
他会再次告诉你：什么是诗人

青海　青海

我们走了
天还在那儿蓝着

鹰　还在那儿飞着

油菜花还在那儿开着——
藏语大地上摇曳的黄金
佛光里的蜜

记忆还在那儿躺着——
明月几时有
你和我　缺氧　睡袋挨着睡袋

你递来一支沙龙：历史不能假设
我递去一支雪茄：时间不会重来

百年之后
人生的意义还在那儿躺着——
如果人生
有什么意义的话

一首诗

它在那儿
它一直在那儿
在诗人没写出它之前　在人类黎明的
第一个早晨

而此刻
它选择了我的笔

它选择了忧郁　为少数人写作
以少
和慢
抵达的我

一首诗能干什么
成为谎言本身?

它放弃了谁
和谁　伟大的
或者即将伟大的　而署上了我——孤零零的
名字

溶　洞

无中生有的恍惚之美——

如果你正在读《站在人这边》
就会在潮湿的石壁上看见一张诗人的脸

那是一只飞出了时间的鹰　羽翼饱满
那是天天向下的钟乳

还是上帝的冷汗：冰川融化　生物链断裂
石壁的断层　似树木的年轮

所有的神话都摆脱了肉身的重量
一个奇幻的溶洞需要多少次水滴石穿的洗礼

一个诗人意味着接受各种悲观主义的训练
包括为黑板上的朽木恍惚出美学的黑木耳

如果你指认了某个美好时代的象征
你会默念与之相配的名字　思想的灿烂星空

当然要为溶洞里稀少的蕨类植物恍惚出坚韧的意志
为消息树恍惚出一只喜鹊

为一匹瘦马　一架风车恍惚出唐·吉诃德
已经很久没有舍不得把一本书读完的那种愉悦了

那是绝壁之上的虚空
某种爱

头发已灰白
心中静默的风啊　什么才是它的影子